pith.-953.-

Cat.de Nyon. 21691.

HISTOIRE
DU FANATISME
DE NOSTRE TEMPS.

Et le deſſein que l'on avoit de ſoûlever
en France les Mécontens
des Calviniſtes,

Par M. BRUEYS *de Montpelier.*

TOME PREMIER.

Seconde Edition.

A MONTPELIER,

Chez JEAN MARTEL, Imprimeur ordinaire
du Roy, des Etats Généraux de la Province
de Languedoc, & de la Ville.

M. DCC IX.
AVEC PRIVILEGE DU ROY.

AVERTISSEMENT.

A fin que se propo-
sent dans leurs Ou-
vrages ceux qui écrivent
pour le Public, est ou de
plaire, ou d'instruire : c'est
pourquoi les Ecrits les mieux
reçûs de tout le monde sont
ceux qui plaisent, & qui
instruisent en même-tems.

Je puis espérer que celui-
ci sera de ces derniers, par
la seule richesse du sujet
que j'ai eu en main ; sans
que j'ose présumer d'y avoir

AVERTISSEMENT.

contribué autre chofe du mien, qu'une grande exactitude à ne rien ajoûter à la vérité, & à ne dire que ce qui eft généralement fçû dans les lieux où fe font paffées les chofes que je raconte.

La nouveauté des événemens qu'on y verra plaira fans doute aux Lecteurs, puifque je puis bien les affûrer qu'ils n'ont jamais rien lû, ni oüi-dire de femblable.

Outre que ce qui s'eft paffé de plus remarquable de nôtre tems, étant intéreffé dans le fujet que je

traite , lui donne de la va-
riété , & anoblit par de
grands fpectacles l'Hiftoire
que je donne au Public.

Et les réflexions qu'on ne
pourra s'empêcher de faire,
en y voyant de quelle ma-
niére Dieu confond les
projets des Impies , inf-
truiront fans doute mes
Lecteurs , & les oblige-
ront à tomber naturelle-
ment eux-mêmes dans les
fentimens que je voudrois
leur infpirer.

Cependant, comme c'eft
en vain que l'on écrit , fi
on n'eft lû par ceux à qui
l'on fouhaiteroit d'être uti-

le, & que les inſtructions
qu'on peut trouver dans cet
Ecrit regardent ceux qui ne
ſe ſont pas convertis de bonne foy, j'aurois lieu de craindre d'avoir travaillé inutilement pour eux, parceque
je ſçai qu'ils ne liſent point
les Livres où ils s'imaginent
que leur Religion eſt inté-
reſſée, ſi je n'avois à leur
déclarer qu'il ne s'agit point
de leur croyance dans cet
Ouvrage. Dieu leur inſpi-
rera, quand il lui plaira,
les ſentimens qu'ils doivent
avoir pour la Religion; je ne
ſonge qu'à leur faire prendre
ceux qu'ils doivent avoir

AVERTISSEMENT.

pour l'Etat & pour la Patrie.

Ce n'eſt pas qu'il n'y en ait parmi eux , qui, quelques zélez qu'ils ſoient pour le Calviniſme , ne laiſſent pas d'être auſſi bons ſerviteurs du Roy , que le ſçauroient être les Anciens Catholiques ; & qui, en rendant à Dieu , en leur maniére , ce qu'ils croyent lui devoir rendre , rendent auſſi à Céſar ce qui appartient à Céſar.

Mais on ne ſçauroit diſſimuler , qu'il y en a quelques-uns, dont le zéle aveugle & ſans connoiſſance, ne diſtingue pas aſſez ce

ã iv

qui regarde le devoir d'un
fidéle Chrétien, d'avec ce
qui regarde celui d'un fidéle Sujet ; & c'eſt à ceux-
là, à qui les réflexions qu'on
fera en liſant cet Ecrit, peuvent être utiles.

Afin donc que tous les
Nouveaux _ Catholiques ,
dans quelques ſentimens
qu'ils puiſſent être, liſent
cet Ouvrage, ſi bon leur
ſemble, je leur déclare encore une fois, que je n'y
traite aucune queſtion de
Controverſe ; & que, bien
que les Fanatiques, dont
j'écris l'Hiſtoire, ſoient la
plûpart de ces Prétendus-

AVERTISSEMENT.

Convertis qui avoient re-
nié leur Religion devant
les Hommes, mon deſſein
n'eſt point d'imputer leurs
folies, leurs ſacriléges, &
leurs revoltes à leur Religion, ni à tous ceux qui
n'ont pû encore ſe conver-
tir ſincérement ; mais à
ceux-là ſeulement, qui ont
été aſſez foux ou aſſez ſce-
lerats, pour tomber dans
les extravagances, ou
pour commettre les atten-
tats horribles qu'on verra
dans cet Ecrit.

Je ſçai que dans l'Ou-
vrage de la réünion, com-
me dans celui de la voca-

tion à l'Eglise, il y a eu beaucoup d'Appellez, & peu d'Elûs ; mais je fçai auffi, que quelque fecret penchant qu'ayent confervé pour leur Religion les honnêtes gens des Calviniftes, il eft certain, que ceux qui font tant-foit-peu inftruits des Loix du Chriftianifme, fe contenteront feulement de faire des vœux pour le rétabliffement de leur parti ; mais ne fe porteront jamais à des extrémitez criminelles pour fe le procurer eux-mêmes, ainfi qu'ont fait les Fanatiques féditieux du Dauphiné & du Vivarez.

Je ne doute pas même que ceux, qui, par un faux zéle, pourroient être encore dans des difpofitions contraires, ne fe rangent au fentiment des plus raifonnables & des plus modérez, quand ils verront par cette Hiftoire, que de l'autre côté il n'y a eu que des Vifionnaires ou des Factieux ; c'eft-à-dire, les plus imbéciles & les plus méchans de leur parti.

Au refte, fi tout ce qu'il y a de gens de bon fens parmi eux, foit en France, foit dans les Païs étran-

gers, ne s'étoient haute-
ment recriez contre les rêveries que M. Jurieu a ofé
publier fur l'Apocalipfe,
& n'avoient auffi condam-
né fon entêtement en fa-
veur des Fanatiques, j'aurois quelque regret d'avoir
été obligé, pour découvrir
la fource du Fanatifme,
d'expofer ici aux yeux du Public le foible d'un Homme
célébre par fes Ecrits. Mais
puifqu'il nous apprend lui-
même, dans la feconde Edition de fon Livre intitulé,
*l'Accompliffement des Pro-
phéties*, que *les Théologiens
de fon païs en ont murmu-*

AVERTISSEMENT.

ré fort haut, & qu'il employe un Chapitre entier à se justifier des reproches qu'ils lui en font, je ne dois pas craindre que ses meilleurs Amis puissent me sçavoir mauvais gré de dire ici de lui ce que les gens les plus sensez de leur parti en ont dit les prémiers, & que nous ne sçaurions peut-être point, si ce Ministre n'avoit pris lui-même le soin de nous en avertir.

Si même cet Ecrit tombe jamais entre ses mains, je le prie de me rendre justice sur ce que je dis

AVERTISSEMENT.

de ſon Livre prophétique :
j'ai été obligé d'en parler,
parceque je prétens qu'il
a donné naiſſance au Fanatiſme. J'ai toute l'eſtime
qu'on doit avoir pour l'eſprit, le ſçavoir & l'éloquence de ce Miniſtre ; & j'aurois ſouhaité qu'il ne m'eût
point donné occaſion de re-
véler ici certaines choſes
qui pourroient ne lui être
pas agréables : mais s'il veut
conſidérer que je n'avance
rien de moy-même : que
je rapporte par tout ſes
propres termes : que je leur
donne le ſeul & vrai ſens
qu'on leur peut donner ; &

AVERTISSEMENT.

que je ne fais qu'en tirer
des conséquences qui sau-
tent aux yeux, & qu'on ne
peut s'empêcher de voir ;
certainement il auroit tort
de s'en plaindre : en tout
cas, s'il s'avisoit de s'en fâ-
cher contre moy, sa colé-
re seroit à - peu - prés sem-
blable à celle d'un Hom-
me qui s'irriteroit contre
un miroir qui le représen-
teroit au naturel.

J'avoüe qu'en parlant de
lui, je me suis servi de certains termes que j'aurois
voulu éviter si j'en avois
sçû d'autres ; mais en vérité ce n'est point ma fau-

te : Pourquoi s'avifoit-il de vouloir paſſer pour Prophéte, s'il ne vouloit point qu'on le lui dît ? Pourquoi marquoit-il ſi clairement, & en tant d'endroits de ſon Livre, le deſſein qu'il avoit de ſoûlever les Calviniſtes mécontens, s'il ne vouloit point qu'il fût permis de le remarquer ? C'eſt l'Ecriture ſainte qui m'a appris à appeller *Faux-Prophétes*, ceux qui font de fauſſes Prophéties ; & *Séducteurs*, ceux qui ſéduiſent les Peuples ; & je ne dois pas craindre qu'on m'accuſe d'avoir failli contre les regles de la charité , en parlant le langage de J. C. & de ſes Apôtres.

Je dois avertir le Lecteur , que je n'ai pû me diſpenſer de toucher ici , en paſſant , quelque choſe des derniéres révolutions de l'Angleterre ; parceque ceux qui avoient ſuſcité les Fanatiques , s'étoient propoſez d'exciter en France une Guerre civile , pour favoriſer les projets des Puiſſances étrangéres unies contre nous. Ainſi je n'ai pû éviter de parler auſſi , en même-tems , du Prince que les Proteſtans de l'Europe avoient mis à la tête de leur

AVERTISSEMENT.

Ligue, comme le plus capable de mouvoir une si grande machine.

Cependant, si l'on veut prendre la peine d'examiner ce que je dis de ce Prince, on verra que je ne parle que de ses desseins & de ses actions, & que je ne sors jamais du respect qui est dû à une Personne de son rang, & qui mériteroit peut-être les Eloges que nos Ennemis lui donnent, s'il avoit fait servir à la défense d'une bonne cause, autant d'habileté, & de courage, qu'il en employa pour

la plus injuste qui fut jamais.

J'espére donc que les plus
prévenus en faveur du Calvinisme & de ses Protec-
teurs, s'il leur reste encore quelque amour pour la
vérité, ne trouveront rien
dans cette Histoire qui les
puisse éfaroucher ; & qu'en
attendant qu'il plaise à
Dieu de les éclairer sur la
Religion, afin que nous le
puissions servir tous ensemble quelque jour en uniré
d'esprit & de foy, il nous
fera cependant la grace de
demeurer unis dans la soû-
mission & dans l'obéissance

AVERTISSEMENT.

que nous devons tous au grand Roy qu'il nous a donné.

AVIS
DE L'IMPRIMEUR
AU LECTEUR.

CE Livre doit être le prémier Tome de l'Histoire du Fanatisme de nôtre tems, puisqu'il en contient le commencement : il fut composé & imprimé à Paris en 1692 : mais comme il ne s'en trouve plus de la prémiére Edition, & que plusieurs personnes me le demandoient dans le tems que j'imprimois la suite de cette Histoire, j'ai crû que je ferois plaisir au Public de lui en donner cette seconde

Edition, revûë & corrigée par l'Auteur ; parcequ'ainſi l'on aura l'Hiſtoire entiére du Fanatiſme de nôtre tems, depuis ſon origine, juſqu'à ſa fin.

L'Auteur de cette Hiſtoire avoit fait deſſein de faire imprimer à la fin de chaque Tome les Piéces juſtificatives des faits qu'il rapporte : mais il a été conſeillé d'épargner au Public la fatigue de cette lecture, & de s'épargner à ſoy-même, & à ceux qui acheteront ſon Livre, l'impreſſion de tous ces Actes judiciaires, qui l'auroient groſſi extraordinairement.

La raison de ceux qui lui ont donné ce conseil, a été, que, cette Histoire, ne contenant que des faits que l'on vient de voir au milieu de ce Royaume, & qui ont été rendus publics par le soûlévement des Peuples, les châtimens des Coupables, & les exécutions militaires, il étoit inutile de rapporter des Actes, pour prouver des choses qui sont à présent connuës de tout le monde, & que c'est tout ce que l'on pourroit faire, si on racontoit des événemens qui se fussent passez depuis long-tems, & dans des Païs éloignez.

Si l'on dit, qu'il se trou-
vera peut être des gens qui
s'imagineront que tous ces
faits sont autant de fables
faites à plaisir, & que pour
persuader ces gens-là, il eût
été bon d'inserer ici ces Piè-
ces. On répond, que, pour
convaincre quelques Incrédu-
les, il n'est pas juste d'aug-
menter cette Edition, & de
faire acheter au Public un
amas inutile d'Actes judi-
ciaires, qu'un Historien est
toûjours dispensé de rappor-
ter, lorsqu'il écrit ce qui
s'est passé de son tems, dans
son païs; & dont, par con-
sequent, tout le monde peut
aisément être informé.

HISTOIRE

medaille frapée en hollande

HISTOIRE
DU FANATISME
DE NOSTRE TEMPS.

LIVRE PREMIER.

IL est constant que, depuis le mois de Juin de l'année 1688, jusqu'à la fin de Fevrier de l'année suivante, il s'éleva dans le Dauphiné, & ensuite dans le Vivarez, cinq ou six cent Religionaires de l'un & de l'autre sexe, qui se van-

A

toient d'estre Prophetes, &
inspirez du Saint Esprit, qui
disoient avoir la puissance de
le communiquer aux autres,
qui traînoient aprés eux la
Populace, & commençoient à
former en divers lieux des Assemblées trés-nombreuses, qui
ajoustoient foy à leurs rêveries.

On auroit de la peine à
croire ce que j'ai fait dessein
d'en raconter, si les choses
que j'ai à dire, ne s'estoient
fraîchement passées à la vûë
de toute la France, & si les
executions militaires, les pri-
sons, & les châtimens, aus-
quels on fut obligé d'avoir
recours pour arrester la contagion de ce mal, n'avoient
fait assez d'éclat pour en informer toute l'Europe.

Ainsi, je n'ai pas crû qu'il
fust necessaire de charger cet-

te Hiftoire des Arrefts, des Ordonnances, des Procés verbaux, & des autres Actes judiciaires, qui rendent authentiques les faits que j'y expofe; ce font des preuves que la Pofterité trouvera dans les Archives où elles font gardées; mais dont n'ont que faire ceux qui ont vû de leurs propres yeux ce que je raconte, ou qui ont pour garant de la verité la depofition de deux grandes Provinces.

Je ne croi pas que ceux des Nouveaux-Catholiques qui confervent encore en fecret le plus d'attachement pour le Schifme qu'ils ont abjuré, ne me permettent ici de donner aujourd'hui à ces malheureux le nom de *Faux-Prophetes.* On fouffre que des perfonnes prevenuës fe laiffent d'abord aife-

ment ſeduire en faveur de ce
qui peut flater leurs eſperan-
ces ; & l'on n'a pas été ſurpris de voir tant de gens ajouſ-
ter foy aux Propheties de M.
Jurieu , & aux extravagances
de nos Fanatiques , tandis que
ce qu'ils prediſoient étoit encore caché dans l'avenir.

Mais à preſent que le tems
& les évenenems on fait voir
la fauſſeté de leurs predictions , ce ſeroit une folie de
ne pas avoüer de bonne foy ,
qu'on a été trompé ; & ceux qui
ſeroient aſſez opiniaſtres , pour
attendre encore l'accompliſſement des promeſſes qu'on leur
faiſoit , meriteroient d'eſtre regardez par les perſonnes de
bon ſens , comme des gens encore plus viſionaires que ceux
qui les avoient ſeduits.

Auſſi je ne me propoſe point

de detromper ceux qui s'eſtoient laiſſez ſurprendre trop
legerement aux chimeres de
leurs Grands - Prophetes Dumoulin & Jurieu, & aux ſonges de leurs Petits-Prophetes-
Dormans du Dauphiné & du
Vivarez. Je ſçai que les plus
ſenſez des Calviniſtes n'y ont
jamais ajouſté foy, & je me
perſuade qu'il n'y a preſentement aucune perſonne raiſon-
nable dans ce Royaume, ni
dans les Païs étrangers, ſans
excepter M. Jurieu lui - même,
qui, conſiderant les avantages
que la France remporte encore à preſent tous les jours contre la Ligue des Proteſtans,
ne ſoit entierement deſabuſé
de ces ridicules propheties.

Mon deſſein eſt ſeulement
de faire part au Public de ce
qui s'eſt paſſé de remarquable

fur ce fujet, & de faire voir
que ce n'eft point le hazard
qui a fufcité ce grand nombre
de Fanatiques, tout à la fois,
en fi peu de tems, & dans les
lieux où ils ont paru ; mais
que c'eft un projet premedité,
formé dans les Païs étrangers,
par les plus factieux des Religionaires fugitifs, & execu-
té dans les Provinces qu'ils
avoient choifies comme les
plus propres à leur deffein, &
les plus fufceptibles du venin
qu'ils vouloient répandre ; afin
de foûlever les peuples dans le
cœur de la France, au mê-
me-tems qu'elle auroit à fouftenir la Guerre au dehors contre prefque toutes les Puiffan-
fes de l'Europe.

Pour convaincre de cette
verité ceux mêmes qui auroient
peut-eftre encore quelque pei-

ne à croire leurs anciens Freres capables de cette fureur ;
& pour découvrir la source du
Fanatisme, il est à propos d'e-
xaminer ici la conduite de ceux
qui étoient à la teste du parti
protestant, quelques années
avant l'apparition de nos Faux-
Prophetes.

En l'année 1683 leurs Ministres & les Chefs de leurs Con-
sistoires, considerant la Paix
glorieuse que le Roy avoit
donnée à l'Europe, aprés les
grandes Victoires qu'il avoit
remportées, commencerent à
craindre pour leur Secte, &
se douterent bien qu'un Monarque, dont la puissance n'a-
voit plus rien alors à redou-
ter, s'appliqueroit à rendre tous
ses Sujets Catholiques.

En effet, l'interdiction de
leurs exercices publics, les

A iv

Temples, qu'ils voyoient tomber de tous coſtez ; les atteintes qu'on donnoit tous les jours aux Edits de tolerance , que leurs Peres avoient arrachez dans les tems des troubles , leur firent ouvertement connoiſtre qu'on ne les ménageoit plus , & que le grand Ouvrage de leur reünion à l'Egliſe , auquel on travailloit ſecretement depuis tant de tems, alloit eſtre amené à ſa derniere perfection.

Ils en furent tous également conſternez ; mais ils ſe partagerent en deux ſentimens differens , ſur la maniere en laquelle ils devoient recevoir le coup dont ils eſtoient menacez.

D'un coſté , tout ce qu'il y eut parmi eux de gens éclairez & inſtruits des Loix du

Chriſtianiſme , furent d'avis
d'obeir , & de ceder aux tems ;
ils firent même tout ce qu'ils
purent pour le perſuader aux
autres, en leur repreſentant ,
qu'il ne s'agiſſoit point de leur
Confeſſion de Foy , ni du De-
calogue , qui étoient les ſeuls
cas dans leſquels il falloit pluſtoſt obeir à Dieu qu'aux Hommes ; qu'il étoit ſeulement
queſtion de leurs exercices publics, & de leurs aſſemblées ;
que la pratique des Chreſtiens
de tous les ſiecles avoit toûjours reconnu, que ces choſes
dépendoient abſolument des
Puiſſances que Dieu avoit eſ-
tablies ; qu'on n'attaquoit que
les dehors de leur Religion ;
qu'il leur étoit impoſſible de
les défendre ; qu'ainſi c'eſtoit
une folie de s'expoſer à vio-
ler , ſans eſperance de ſuc-

cés, un des premiers principes de la Religion Chrestien-
ne ; qu'enfin ils devoient con-
siderer, que c'estoit Dieu même, qui, pour les chastier de
leurs pechez, se servoit de la
main du Prince pour leur os-
ter son * Chandelier ; & que
resister aux Puissances en cette
occasion, c'estoit resister à l'ordre de Dieu.

D'un autre costé, tous ceux
du parti dont le zele aveugle
n'écoutoit ni raison, ni conseil,
ni Christianisme, furent d'un
sentiment tout contraire : ils
regarderent les autres comme
des Traîtres, & des Apostats :
ils se separerent d'eux ; &, ne
se souvenant plus de cette fi-
delité par eux-mêmes tant
vantée, ils leverent tout d'un
coup le masque ; & dans les

---

* C'est ainsi qu'ils appellent leurs Prêches.

Affemblées qu'ils firent en même tems, en Poitou, en Dauphiné, en Languedoc, & dans
les Cevenes, il fut refolu, qu'ils
prêcheroient par tout, qu'ils
s'affembleroient malgré les défenfes, même avec armes, &
qu'ils courroient à force ouverte contre tous ceux qui s'y op-
poferoient.

Les effets fuivirent de prés
la menace : ces Déliberations
n'eurent pas pluftoft paru, que
les plus factieux du parti prirent les armes en Dauphiné &
en Vivarez, & s'attrouperent
en fi grand nombre, & avec
tant de fureur, que les Magiftrats ne pouvant plus les faire
rentrer dans leur devoir, on
fut contraint de faire marcher
des gens de guerre pour les re-
duire & arrefter les progrés de
leur rebellion.

Ces mouvemens étant ap-
paisez par le châtiment des
plus coupables, & par le pardon que le Roy eut la bonté
d'accorder aux autres, ceux de
leurs Ministres qui en avoient
été les principaux Auteurs,
craignant d'estre arrestez, s'en-
fuirent à Geneve, dans la Suis-
se, en Hollande, en Allemagne & en Angleterre : mais
comme leur fuite fut precipitée, & qu'ils furent contraints
d'abandonner leurs biens, leurs
femmes & leurs enfans, ils se
retirerent avec un ardent desir
de retourner bien-tost dans
leur païs, & avec la rage dans
le cœur d'avoir manqué leur
coup.

Les choses demeurerent en
cet état jusqu'en l'année 1685,
auquel tems la conversion generale des Calvinistes de Fran-

ce, remplit l'Eglife Catholique de joye, & jetta le defefpoir dans le parti proteftant.

Ce fut alors que les plus feditieux des Miniftres fugitifs, & de ceux qui allerent les joindre, fe voyans fans reffource, firent deffein de troubler la paix de l'Europe, & de foûlever contre leur Patrie, non feulement tous les Eftats Proteftans, mais encore les Princes Catholiques qu'ils pourroient jetter dans leur ligue, dans l'efperance de fe faire accorder de nouveaux Edits, de rentrer dans leurs biens, de voir reftablir leurs Temples, & refleurir leur Secte en France, s'ils pouvoient lui faire craindre de fe voir accablée par un fi grand nombre d'Ennemis.

Quoique ce deffein paruft au - deffus de leurs forces, ils

remuerent tant de machines, ils exagererent avec tant de couleurs dans les Cours étrangeres l'épuisement d'hommes & d'argent que la France avoit souffert par l'évasion de leurs Sectateurs ; & ils trouverent de tous costez des dispositions si favorables, par les jalousies que la gloire & la puissance du Roy venoit de donner à tous ses voisins, qu'ils virent bien-tost que ce qu'ils avoient projetté n'estoit pas impossible.

Pour executer une si grande entreprise, il leur falloit un Chef qui fust de leur Secte, animé contre la France, habile, hardi, ambitieux, & capable de tout entreprendre : ils le trouverent en la personne de Guillaume de Nassau, Prince d'Orange, qui depuis la paix faite malgré lui en 1682, rongeoit fon frein en Hollande, & attendoit avec impatience que le flambeau de la guerre vinft à fe rallumer.

Cependant, le rang qu'il tenoit, n'eftant pas d'un affez grand éclat pour fouftenir le titre de Chef d'une Ligue, dans laquelle devoient entrer tant de Souverains, on trouva l'Angleterre difpofée à fe foûlever contre fon Roy, & à prefter fon Trône à ce Prince audacieux, pour joüer l'affreufe tragedie, dont le premier acte fit d'abord horreur aux nations les plus barbares.

Ce ne fut pas tout, quoique les Conducteurs de ce projet viffent tant de forces preftes à fe declarer & à s'unir contre la France, l'experience de la derniere Guerre leur venoit d'apprendre que ce n'eftoit pas aſſez pour triompher d'un Peuple belliqueux, & commandé par la premiere & par la meilleure teſte du monde.

Ils jugerent donc que pour attaquer avec ſuccés un Eſtat ſi redoutable, & un Roy qui, étant alors dans la vigueur de ſon âge, commandoit ſes Armées en perſonne, & étoit la veritable cauſe des avantages qu'il remportoit, il falloit exciter une Guerre civile au dedans, afin que ceux qui l'attaqueroient au dehors, trouvaſſent moins de reſiſtance.

Dans cette vûë ils firent paſſer en France des gens déguiſez; ils écrivirent une infinité de lettres ſeditieuſes à ceux de leur cabale : mais ils avoient beau écrire & exciter les Mécontens à la revolte, les plus factieux n'oſoient ſe ſoule-

ver ; & les exemples qu'on venoit de faire, où la prudence
de ceux qui, par les ordres
du Roy, veilloient de prés fur
leur conduite, les empêchoient
de rien entreprendre à force
ouverte.

Voyant donc que leurs Emiffaires, leurs lettres & leurs exhortations eftoient inutiles, ils
crurent qu'il falloit un coup
du Ciel pour reveiller le zele
languiffant de leurs Sectateurs,
& le courage abattu de ceux
que les chaftimens avoient intimidez.

Mais Dieu refufant de faire
en leur faveur les Miracles dont
ils avoient befoin, ils refolu-
rent d'en faire eux - mêmes :
voici comment ils s'y prirent,
& ce qui a donné naiffance à
nos Fanatiques.

Le fameux Jurieu, que tous

les Calvinistes, aprés la mort du Ministre Claude, ont regardé comme leur Achille, lassé de composer des Livres de Controverse, qui étoient d'abord refutez par nos Docteurs; rebuté d'écrire des Lettres Pastorales, qu'il répandoit de tous costez, mais qui n'estoient pas capables de soûlever les Peuples, resolut de changer de batterie; &, voyant qu'il ne gagnoit rien à estre Controversiste, s'avisa de s'ériger en Prophete.

Ce fut en l'année 1685 qu'il en conçut le dessein, puisque ce fut en ce tems-là qu'il composa le Livre * qu'il a appellé, *l'Accomplissement des Propheties*, ou *la Délivrance prochaine de l'Eglise*.

Pour exciter les esprits par

* Imprimé à Rotterdam en 1686.

le refpect de la Religion, & porter les Mécontens de France à fe foûlever, il feignit d'avoir trouvé dans l'Apocalipfe cette délivrance prochaine qu'il leur promettoit, afin que les efperances qu'il leur donnoit, leur paroiffant fondées fur les Oracles divins, ils ne doutaffent point de fes predictions, & fe laiffaffent plus facilement entraîner à la revolte, pour feconder les deffeins d'une Ligue qui devoit leur procurer cette délivrance.

Voila l'origine du Fanatifme; il fut conçu cette année-là à Rotterdam dans l'imagination échauffée de M. Jurieu; & de là on le répandit enfuite à grands flots, & avec deffein dans les Provinces de Dauphiné & de Vivarez.

Je dirai dans la fuite, com-

me ſon Livre produiſit parmi
les Calviniſtes une infinité de
Petits-Prophetes, qui voulurent imiter M. Jurieu ; & fut,
pour ainſi dire, un ſignal de
prophetiſer à tous ceux du parti qui ſe ſentoient pour cela
quelques diſpoſitions.

Mais puiſque nous voici à la
ſource du Fanatiſme, il eſt à
propos auparavant de conſide-
rer un peu ce grand Prophete, qui a donné naiſſance à
tous les autres.

Perſonne ne doutera, je penſe, que ce Profeſſeur de Rotterdam ne doive eſtre regardé
comme le Pere de tous les Fanatiques qui ont paru depuis
lui dans ſon parti, & que je
ne ſois obligé de le placer ici
en cette qualité, à la teſte de
ceux dont j'écris l'Hiſtoire, ſi
l'on conſidere, qu'il s'eſt donné

lui-même le premier à son siecle, comme un Homme inspiré pour predire le restablissement prochain de sa Secte, & la destruction de ce qu'il appelle * *le Papisme*, ou *l'Empire Antichrestien* : en un mot, comme un Homme que Dieu venoit de susciter extraordinairement, pour lever le voile sacré qui avoit couvert jusqu'à present les abîmes adorables du Livre de l'Apocalipse.

Abîmes, † sur les bords desquels le celebre Calvin a esté loüé de s'estre arresté respectueusement, aprés avoir commenté presque toute l'Ecriture sainte ; & que les plus sçavans, § les plus judicieux, & les plus

* Accomplissement des Propheties, tome I, page 7. † Joseph Scaliger, lettre C. Scaligeriana. § Melancton, Hammand, M. Bannage, Histoire des Ouvrages des Sçavans, mois de Juin 1688, art. 9.

ſinceres des pretendus Refor-
mez on toûjours regardez comme impenetrables.

Cependant, ſi ceux qui ſont
encore prevenus en faveur de
M. Jurieu, ſont ſurpris de trouver ici à la teſte d'une troupe
de Viſionaires, un Profeſſeur
celebre, en qui ils n'ont jamais remarqué aucun dereglement d'eſprit, je veux bien
leur avoüer, que je ne croi
point que ce Miniſtre fuſt devenu tout d'un coup aſſez ex-
travagant pour ſe perſuader ſe-
rieuſement d'eſtre devenu Prophete, & que Dieu lui euſt
fait voir clairement ce qu'il annonce de l'avenir.

Mais quand il ſeroit vrai,
qu'à force de s'eſtre agité l'eſprit pour faire venir à ſon ſens
les Oracles de l'Apocalipſe, il
ſe ſeroit coëffé lui-même des

chimeres dont il avoit seulement fait d'abord dessein de
coëffer les autres, il ne faudroit pas s'en estonner.

Il nous dit lui-même dans
une de ses Lettres Pastorales,
*qu'on tombe dans la credulité par
une meditation assiduë, & une
lecture fort attachée des Livres
Prophetiques; & que c'est l'ordinaire à ceux qui étudient les Prophetes, de devenir un peu Visio-
naires.*

D'ailleurs, je prie ses plus
grands Admirateurs de faire reflexion à ce que leur a dit sur
ce sujet un des premiers Ecrivains * de nôtre siecle, que *la
raison & le bon sens sont quelquefois renversez & détrônez,
pour parler ainsi, en une de leurs
Provinces, & demeurent maistres*

* M. Pelisson, seconde partie des Chimeres de M. Jurieu.

*dans les autres, où l'effort d'une
imagination violente ne s'est point
adressé*

Pour estre convaincus de
cette verité, ils n'ont qu'à se
remettre devant les yeux les
exemples qu'il leur rapporte
de Burnat Ecoſſois, Profeſſeur
de Montauban, & de l'infor-
tuné Torquato Taſſo, dont
l'un avoit ſon Peuple d'Admirateurs, auſſi bien que M. Ju
rieu ; & l'autre s'eſtoit fait eſ-
timer par un grand nombre
d'Ouvrages trés-ſenſez de Morale & de Politique : cependant le premier, par quelque
privilege du Ciel, entendoit
fort diſtinctement, à ce qu'il
diſoit, le bruit que faiſoient les
Spheres celeſtes en ſe mouvant
l'une ſur l'autre ; & le dernier
quittoit tout pour écouter un
certain Eſprit familier, qui lui
parloit,

parloit, difoit . il , dés qu'un rayon du Soleil venoit à donner fur les vitres de fon Cabinet.

S'il leur faut d'autres exemples, ils n'ont qu'à lire ce que raconte George Hornius , * Profeffeur à Leyde , Auteur Proteftant , qui ne doit pas leur eftre fufpect, & ils verront les folles vifions dans lefquelles ont donné plufieurs de leur Secte. Un Thomas Montcer, Difciple de Luther , & Difciple favori , qui annonça , comme M. Jurieu vient de faire , un Regne de JESUS-CHRIST fur la Terre de mille ans , qui devoit commencer de fon tems; qui fe vanta que Dieu lui avoit donné, au moins en vifion ,

* Georg. Horn. Hift. Eccl. & Polit. Lud. Batav. & Rotterold. ex Officin. Hackia 1666.

B

l'épée de Gedeon, pour la mettre en uſage, qui vit tuer à ſa
ſuite plus de cinquante mille
hommes en une ſeule campagne de l'année 1525, auſquels il
avoit perſuadé, que du ſeul pan
de ſa robbe il écarteroit les
coups de canon, & en rece-
vroit les boulets ſans en eſtre
bleſſé, & qui fut enfin pris, &
expia ſes crimes par ſon ſup-
plice. Un Jean de Leyde ſon
ſucceſſeur, de Tailleur devenu
Roy & Monarque, comme il
diſoit, univerſel de toute la
Terre. Un David George, na-
tif de Delft, qui pouſſa la fureur juſqu'à ſe dire le Meſſie,
conçu, non pas de la chair,
mais du Saint-Eſprit. Un Henri, ſurnommé, Maiſon de Charité, qui ſe mettoit au-deſſus
de Moïſe & de JESUS-CHRIST.
Un Guillaume Poſtel Theolo-

gien, Jurifconfulte, Philofophe,
& inftruit de toutes les Scien-
ces humaines, qui inventa une
nouvelle redemption pour les
Femmes. Un Juftus-Velfius de
la Haye, Homme de trés-grand
fçavoir, dit Hornius, qui fe
deïfia lui-même, & affûra qu'il
étoit un nouveau Rédempteur,
& que le Saint-Efprit parloit
par fa bouche. Un Vorftius
Profeffeur en Theologie à Ben-
then, qui, non content de foûtenir les impietez de Socin,
publia cent foles erreurs fur la
Divinité.

Si l'exemple de ces Vifionai-
res ne fuffit pas pour perfuader
aux Partifans de M. Jurieu,
que le Sçavoir, l'Eloquence, &
la Chaire même de Profeffeur
n'exemtent pas de la chimere,
qu'ils jettent encore les yeux
fur ces Sectes entieres, qu'on

voit en Angleterre, de Seekers,
& Waiters; c'est-à-dire, de
cherchans & d'attendans, compris aujourd'hui fous le nom de
Quakers, ou de Trembleurs,
& ils verront des Fanatiques à
milliers, qui ont du fçavoir
comme ce Miniftre, de l'efprit,
des mœurs bien reglées, de la
charité même; mais qui ne
laiffent pas d'eftre perfuadez,
que l'Apoftre Saint Jean doit
venir, felon quelques-uns de la
Province de Suffolk; felon
quelques autres de Tranfilva-
nie, où il eft déja, & n'attend qu'une commodité pour
paffer la Mer; d'où vient que
les plus zelez de ces attendans
fe promenent fouvent fur le ri-
vage à la defcente des Vaif-
feaux, & s'ils voyent quelqu'un
dont la phifionomie leur plaife, après eftre entrez en con-

noiffance avec lui par les premieres civilitez, ils le tirent
quelque-fois à part, pour lui dire à l'oreille : *Milord, ne feriés-
vous point l'Apoftre Saint Jean
que nous attendons ?*

Aprés cela, fi l'on veut confiderer, que c'eft la profana-
tion de l'Ecriture fainte, ou,
pour mieux dire, la fole per-
fuafion d'eftre infpiré du Saint
Efprit, pour expliquer les Propheties des Livres Divins, qui
a jetté la plûpart de ces Malheureux dans cet égarement
d'efprit, on ne fera pas fur-
pris, qu'un Homme qui ofe aujourd'hui fe joüer impunement,
& avec une audace qui n'eut
jamais d'exemple, du Stile mif-
terieux des Prophetes, & des
obfcuritez facrées de l'Apocalipfe, dont les plus grands
Docteurs de l'Eglife n'ont ja-

B iij

mais approché qu'en trem_
blant, que cét Homme, dis-
je, * *se soit égaré dans ses vains*
raisonnemens, & que son cœur
insensé ait été rempli de tene-
bres.

Mais enfin, si, malgré ces
exemples, & ces reflexions,
ceux des Calvinistes, qui sont
les plus entestez du merite de
ce Professeur, ne peuvent se
resoudre à lui voir joüer ici le
premier rôle parmi nos Fana_
tiques, je les supplie de consi_
derer que les Enthousiastes,
dont je vai raconter les rêve_
ries, avoient le même air que
lui ; qu'ils ont tenu, à-peu-prés,
le même langage ; qu'ils n'ont
fait que repeter ses predictions,
& qu'ils ont été défendus par
lui à cor & à cri, comme un
Pere défend ses Enfans, lors_

* S. Paul aux Rom. chap. 1, ỳ. 21.

que les plus raifonnables des Proteftans ont voulu traiter de fables les contes ridicules qu'on en faifoit ; & aprés cela, que les meilleurs Amis de M. Jurieu me difent eux-mêmes, fi, en Hiftorien fidéle, j'ai pû me dif-penfer de commencer par lui l'Hiftoire de nos Faux-Prophe-tes.

Il eft donc jufte que je m'ar-refte ici un moment, pour faire connoiftre au Public cet Homme extraordinaire, qui fe vante d'avoir connu les def-feins de Dieu, * *d'eftre entré dans le fecret de fes Confeils ; d'avoir rangé les évenemens que le Saint-Efprit avoit dérangez dans l'Apocalipfe* ; & qui a en-trepris † *d'ouvrir* les yeux *aux Rois & aux Peuples de la Terre.*

* Accompliff. de Proph. tom. 2, p. 177.
† Avis à tous les Chreftiens, p. 30.

B iv

Ce n'eſt pas ſur ſon Livre,
ou ſur les Predictions ridicules
qui y ſont, que je me propoſe de m'arreſter : un grand Prelat * l'a ſuffiſamment refuté, &
il a fait de vains efforts pour
y répondre. M. Peliſſon en a
demontré les chimeres, & M.
Jurieu s'eſt mis en colere, & s'eſt
tû; les Gens éclairez de ſon parti en ont ri, & il les a traitez
d'impies : † *Pluſieurs de leurs plus
habiles Theologiens en ont murmuré fort haut, & juſqu'à menacer de
s'en plaindre ; & il en a été fâché, car il n'eſt pas bien-aiſe,
dit-il, de chagriner ſes Freres.*

D'ailleurs, le tems, qui cou-
le toûjours, & qui eſt la veritable Pierre de touche des Propheties, a déja convaincu tout

* L'Apocalipſe, avec une explication de
M. de Meaux. † Avis à tous les Chreſt.
pag. 30, Avis pag. 37.

le monde de la fauſſeté de ſes Predictions.

Il faut, diſoit-il, *en* 1685, * *que le Papiſme commence à tomber dans quatre ou cinq ans, & que la Reformation ſoit rétablie en France. Cela tombera juſtement ſur l'an* 1690. Cependant les années 1689 & 1690, qui devoient nous faire voir, ſelon lui, le commencement de la chute du Papiſme, & celui du relevement de la pretenduë Reforme en France, parceque le Faux-Prophete comptoit ſur les progrés imaginaires de la Ligue Proteſtante : ces années, dis-je, nous ont fait voir au contraire, la France triomphante de tous coſtez, par Mer & par Terre, le grand Ouvrage de la reunion plus af.

* Accompliſſ. des Prophet. tom. 2, pag. 149 ; tom. 2, ch. 13 ; tom. 2, pag. 133.

fermi que jamais ; & toutes les
foles efperances qu'on donnoit aux Calviniftes de ce
Royaume , entierement, éva-
noüies.

Je laifle donc les Propheties, & je m'arrefte au Prophete , puifque c'eft de lui
qu'eft defcenduë cette nom-
breufe pofterité de Petits Prophetes du Dauphiné & du Vivarez , dont j'ai fait deffein
d'écrire l'Hiftoire.

Peut-eftre croira t-on , que
j'impofe à M. Jurieu, lorfque
je dis, qu'il s'eft donné pour
un Homme infpiré : ceux qui
ont foin de fa reputation , di-
ront fans doute, que c'eft moy
qui l'érige en Prophete , &
qu'il n'a eu autre deffein , que
de donner un Commentaire
fur l'Apocalipfe ; c'eft ce qu'il
faut examiner. Mais afin qu'on

ne nous puiffe rien reprocher,
écoutons-le lui-même, &
voyons s'il parle en Commentateur, ou en Prophete.

Ceux qui ont lû fon Livre,
fçavent qu'il y a mis à la tefte un long Avertiffement, qu'il
a intitulé, *Avis à tous les Chreftiens fur la fin prochaine de l'Empire Antichreftien du Papifme, &
fur la venuë du Regne de* JESUS-
CHRIST.

Quoique ce Titre promette
clairement à fes Lecteurs, qu'il
va leur predire ce qui eft caché
dans l'avenir, il affecte pourtant d'entrer en matiere d'un
air modefte. *Dieu*, dit-il, * *a
caché les chofes dans les Propheties, prefque plus qu'il ne les y
a revelées. Il s'eft refervé la
connoiffance de l'avenir : c'eft fon
partage.* Ce debut eft verita-

* Avis, pag. 1.

B vj

blement humble & judicieux.
S'en tiendra-t-il là ? Non. *Ce-*
ci, ajoûte-t-il immediatement
après, * *ne doit pourtant pas es-*
tre pris si fort dans un sens de
rigueur, qu'on croye que toutes
les Propheties soient impenetra-
bles à tous les Hommes. Voici
qui commence à découvrir le
dessein qu'il a de prophetiser.
Ne vous étonnez pas, si dans
son Livre il va predire, l'avenir, *la chute prochaine du Pa-*
pisme, *la delivrance de son Egli-*
se, *la venuë du Regne de* JESUS-
CHRIST. Il vous donne avis,
qu'il est lui un de ces Hommes à qui les Propheties ne
sont pas impenetrables.
Mais, dira-t-on, le veritable caractere d'un Prophete,
est de sentir une secrete violence à laquelle on ne peut re-

* Avis, pag. 1 & 2.

fifter, qui fait dire, fans choix & fans liberté à l'Homme de Dieu, les chofes que l'Efprit prophetique lui fuggere. Ecoutons-le encore lui-même : *Je puis dire*, pourfuit-il, * *que je ne me fuis point appliqué à l'étude des Propheties par choix, & avec liberté ; je m'y fuis fenti poußé par une efpece de violence à laquelle je n'ai pû refifter.* Si ce n'eft pas parler en Homme qui veut paffer pour infpiré, j'avoüe que je ne fçai plus ce que les termes fignifient.

Tâchons pourtant de l'excufer, & difons, que par cette violence, il entend la forte application qu'il a euë à étudier l'Apocalipfe, pour effayer d'y découvrir quelque verité fur l'avenir, par la penetration de fon efprit. Il nous va dire

* Avis, pag. 2 & 3.

lui-même, que ce n'eſt pas ainſi qu'il l'entend : * *Je me ſuis*
ſolu à chercher dans la ſource mê-
me des Oracles ſacrez, pour voir
ſi le Saint Eſprit ne m'apprendroit
point de la ruine de l'Empire An-
tichreſtien, quelque choſe de plus
ſûr, & de plus precis, que ce que
les autres Interpretes y avoient dé-
couvert. Les autres Interpretes
découvrent par leur propre eſprit ; celui - ci, *veut voir ſi le*
Saint - Eſprit ne lui apprendra
point, c'eſt-à-dire, ne lui re-
velera point *quelque choſe de*
ſûr & de precis ſur la ruine de
l'Empire Antichreſtien.

Mais enfin, Jurieu dit - il,
que le Saint Eſprit lui ait revelé quelque choſe ? Avoüe-t-
il, que Dieu lui ait parlé ? Se
vante-t-il, d'avoir eu quelque
revelation ? car ſans cela, tout

* Avis, pag. 4 & 5.

ce que nous venons de lui entendre dire, prouve feulement, qu'il a defiré le Don de Prophetie ; mais ne prouve pas, qu'il fe foit donné pour Prophete. Ecoutons - le toûjours parler lui-même : *J'avoüe*, dit-il, * *qu'aprés avoir lû, & relû, vingt & vingt fois, ces endroits de l'Apocalipfe, je n'y entendois pas davantage, & je m'affûrois feulement de plus en plus, que perfonne n'y avoit rien entendu.*

Jufques-là, c'eft, à la verité, un Commentateur qui étudie les Oracles facrez, fans y rien entendre, & qui defefpere même d'y rien découvrir : mais quand le Commentateur fe rend, voici l'Efprit prophetique qui vient à fon fecours. *Dans ces inquietudes,* pourfuit-il, remarquez les agitations

* Avis, pag. 27.

d'un Homme inspiré : *dans ces
inquiétudes, je n'ai pas laissé de
commencer mon Ouvrage, sans sçavoir proprement où j'allois.* Un
Commentateur sçait où il va,
un Prophete n'en sçait rien :
il croit aller à Tarse, & Dieu
le conduit à Ninive : *mais je
puis dire, que Dieu, en chemin,
m'a ouvert les yeux.* Voila le
Prophete tout formé. *Procul
esto, prophani.* Dieu, en chemin,
lui a ouvert les yeux, pour lui
faire voir dans l'avenir ce que
personne, avant lui, n'y avoit
encore vû : *Car,* poursuit-il,
*aprés avoir consulté cent & cent
fois la Verité éternelle, enfin elle m'a répondu ; au moins, je croi
que cela est ainsi, & je pense
voir clairement, &c.*

Pour se donner tous les airs
d'un veritable Prophete, il
n'oublie pas les moindres ca-

racteres des Hommes infpirez,
jufqu'à leurs doutes & à leurs
incertitudes, aprés qu'ils ont
eu quelque vifion. Saint Paul,
aprés avoir dit, qu'*il fut ravi
dans le troifiéme Ciel*, avoüe,
*qu'il ne fçait fi ce fut avec fon
corps, ou fans fon corps*. M. Jurieu, aprés avoir dit, que *Dieu
lui a ouvert les yeux*, & que
*la Verité éternelle lui a répon-
du*, n'ofe pas affûrer que cela
foit ; mais *penfe au moins que
cela eft ainfi : Je ne fçaurois dire par quel efprit*, dit-il ailleurs,
* *mais je fuis fortement perfuadé, que la Moiffon & la Ven-
dange font la Reformation de
l'Eglife*. Il eft donc conftant,
qu'il a eu deffein de paffer pour
Prophete, afin de foûlever les
Peuples par fes predictions, &
par les foles promeffes qu'il

* Tome 2, page 131.

leur faisoit dans cet Ecrit seditieux.

Voici quelque chose de plus étonnant : comme un grand Prophete, il a voulu avoir des Precurseurs. *Ce qui l'a determi-né, dit-il, * à sonder les Oracles sacrez, c'est le concours des Pro-phetes modernes qui predisent la fin prochaine de l'Empire Anti-chrestien. Je trouvois dans les Propheties de Cotterus, de Cris-tine, & de Drabitius, que Co-menius a publiées, quelque chose de grand & de surprenant. Cot-terus, qui est le premier de ces trois Prophetes, est grand & magnifique ; les Images de ses visions ont tant de majesté & tant de noblesse, que celles des anciens Prophetes n'en ont pas davanta-ge. Les deux années de la Pro-phetie de Cristine, sont, à mon*

* Avis, pag. 3 , 4 & 5.

fens, une fuite de Miracles auffi grands qu'il en foit arrivé depuis les Apoftres; & même je ne trouve rien dans la vie des plus grands Prophetes, de plus miraculeux que ce qui eft arrivé à cette Fille. *Drabitius a auffi fes grandeurs ; mais il a beaucoup plus d'obfcuritez.* Ces trois Prophetes s'accordent à predire la chute de l'Empire Antichreftien. Voila les trois Precurfeurs du grand Prophete Jurieu, & qui avoient predit avant lui la fin prochaine de l'Empire Antichreftien. Pourquoi croiriés-vous qu'il les éleve fi haut ? Il a fes raifons : C'eft pour fe placer fans façon au-deffus d'eux. *On trouve, pourfuit - il, dans leurs Propheties, tant de chofes qui achoppent, qu'on ne fçauroit affermir fon cœur là-deffus ; c'eft pourquoi je me fuis refolu à cher-*

cher dans la source même des Ora_
cles sacrez, pour voir si le Saint_
Esprit ne m'apprendroit point quelque chose de plus sûr & de plus
precis. Et nous avons déja vû,
que, *dans les inquietudes*, où
étoit pour cela ce saint Homme, dans le tems, qu'*il avoit
commencé son Ouvrage, sans sçavoir où il alloit, sans choix, sans
liberté, & poussé par une violence à laquelle il ne pouvoit resister*, Dieu, en chemin, lui ou-
vrit les yeux, & la Verité éternelle lui répondit.

C'est aprés avoir donné ces
sentimens de lui_même à ses
trop credules Lecteurs, qu'il
prophetise, qu'il triomphe, &
qu'il traite d'ignorans, ceux-
là même en qui il avoit trouvé tant de grandeurs, que les
plus grands des anciens Prophetes n'en avoient pas davan-

tage : Nous allons voir comment.

Le Chapitre feiziéme de l'Apocalipfe, contient, felon lui, *une des plus grandes & des plus belles vifions du Livre : c'eft la clef de tout.* Voici ce qu'il ajoûte : * *Je fuis trés-bien perfuadé, que les Interpretes n'ont rien compris dans ce Chapitre.* Remarquez que ces Interpretes, font ceux-là même qu'il vient d'honorer du nom de Prophetes, & en qui il a trouvé tant de grandeurs : *Mais je m'affûre, ajoûte-t-il, que Dieu m'a exaucé en cet endroit, & qu'il a répondu à la forte paffion que j'ai euë de penetrer dans ces profonds Mifteres, pour voir la delivrance de fon Eglife.*

Le voila au-deffus de Cotterus, de Criftine, & de Drabi-

* Tome 2, page 69.

tius : ils n'ont rien compris dans un Chapitre qui est la clef de tout, quoiqu'ils soient comparables aux plus grands des anciens Prophetes. M. Jurieu *en est très - bien persuadé, & il est assûré que Dieu a répondu à sa forte passion de penetrer ces profonds Misteres, pour voir la delivrance de son Eglise :* Mais, par quel privilege, ce qui a été impenetrable à tous les Saints, à tous les Peres, à tous les Docteurs de l'Eglise, à tous les Interpretes, à tous les Sçavans, & à tous les pretendus Prophetes même, qu'il y a eu parmi les Calvinistes, a-t-il été revelé au Professeur de Rotterdam ? Il nous le va dire lui-même : * *C'est que Dieu n'a pas voulu qu'on ait été heureux jusqu'ici en conjectures.* On entend bien que,

* Tome 2, page 64.

jufqu'ici, fignifie, *jufqu'à moy*; & que c'eſt dire expreſſement, *que Dieu n'a voulu reveler l'a-venir qu'à M. Jurieu.* Aprés ce-la, il ne faut pas s'étonner, ſi en Hollande on fit fraper une Medaille, où l'on voyoit ce Profeſſeur repreſenté, avec cette magnifique Inſcription, *JVRIVS PROPHETA.*

En verité, il y a en tout ce-la tant de preſomption, d'or-gueil, & de temerité; ou, pour mieux dire, d'audace, d'extra-vagance, & de dereglement d'eſprit, que ſi, dans tout ce que je viens de dire de lui, je ne rapportois ſes propres ter-mes, il ne ſeroit pas juſte de m'en croire.

On ne doit pourtant pas s'imaginer, que ce Miniſtre fût veritablement perſuadé lui-mê-me de ce qu'il vouloit perſuader aux autres : c'étoit avec deſſein qu'il affectoit de prendre ces airs de Prophete ; il ſçavoit bien qu'il ne l'étoit pas : mais il vouloit impoſer aux Peuples , pour les ſoûlever , & allumer un Guerre civile dans le cœur de cet Etat , afin de favoriſer les deſſeins de nos Ennemis.

Il étoit ſi plein de ce Projet , lorſqu'il compoſa ſon Livre de Propheties , qu'il ne put s'empêcher de découvrir lui-même ſon deſſein à un Lecteur qui a tant ſoit peu de penetration.

Le tems auquel il l'écrivit , les motifs qui l'y porterent , & les traits qui échapent à ſa plume , où il a laiſſé répandre , ſans y penſer , quelques goutes du venin dont ſon cœur étoit rempli ; tout découvre le deſſein

ſein de ce Faux-Prophete.

Il eſt remarquable que ce fut en 1685, comme j'ai déja dit, qu'il fabriqua ſes Propheties ſur l'Apocalipſe ; c'eſt-à-dire, qu'il s'aviſa de prophetiſer au beſoin, & juſtement dans le tems qu'il voyoit tomber ſa Secte en France ; puiſque ce fut preciſement aprés la revocation de l'Edit de Nantes, & la reunion des Proteſtans, qu'il publia par tout ſes Predictions.

Qu'on liſe l'Hiſtoire de tous les Prophetes qu'il y a eu dans l'Egliſe ancienne & nouvelle, on n'en trouvera aucun qui ait choiſi lui-même le tems auquel il a été inſpiré pour predire l'avenir : l'Eſprit qui ſouffle où il veut, ſouffle auſſi quand il lui plaiſt, & ce qu'il lui plaiſt. M. Jurieu ſeul a eu le privilege de choiſir lui même le tems

C

de son inspiration : il s'est fait
Prophete en 1685, comme on
se fait Professeur : il a fait souffler l'Esprit sur lui ; il l'a fait
souffler precisement une telle
année, & il lui a fait souffler
ce qu'il a voulu.

Non seulement il s'est fait
Prophete lui - même en 1685,
mais encore il a eu ses motifs
pour le devenir ; autre caractere, qu'on ne trouvera qu'en
lui seul : il est même si peu judicieux , & si emporté , qu'à
peine a-t-il la plume à la main,
qu'il nous le declare lui-même :
Quand le present est douloureux
& triste , dit-il , *il faut chercher*
dans l'avenir. Les autres Prophetes ont toûjours attendu que
Dieu ait daigné leur reveler les
choses à venir ; celui - ci les va
chercher : *Il faut chercher dans*
l'avenir. L'année 1685 étoit pour

lui douloureuse & triste , par l'extinction de la pretenduë Reforme en France. Voila le motif qui le porte à prophetiser : il s'avise de predire une delivrance prochaine : il la va chercher dans l'Apocalipse.

Ce qu'il y a de plus admirable en lui, & je m'étonne que les plus simples des Protestans n'y ayent pas pris garde ; c'est qu'avant que d'ouvrir les Livres Divins, il declare qu'il y veut trouver cette delivrance, & qu'il a une forte passion pour cela : * *Dans la plus profonde douleur que j'aye ressentie*, dit - il, *j'ai voulu, pour ma consolation, trouver des fondemens d'esperer une prompte delivrance pour l'Eglise ; & ne les pouvant trouver ailleurs, je les ai cherchez dans ces Oracles qui nous*

* Avis, page 5.

C ij

predisent les destinées de l'Eglise.
* *J'avois*, ajoûte-t-il dans la
suite, *une forte passion de faire
passer ces Prejugez en certitude;
ce que je ne pouvois faire, qu'en
trouvant dans l'Apocalipse l'accomplissement des circonstances qui
doivent preceder & accompagner
la chute de l'Empire Antichrestien:* Le plaisant Prophete! Il
ne va pas chercher dans l'Apocalipse, ce que Dieu y a mis,
mais ce qu'il y veut trouver: *
J'ai voulu trouver des fondemens
d'esperer une prompte délivrance.
J'avois une forte passion de faire
passer mes prejugez en certitude.*
Belle disposition pour découvrir les veritez que Dieu a ca-
chées dans les Divins Ecrits!
Il commence par se mettre dans
l'esprit une délivrance prochaine dont il a besoin; il s'en fait

—— * Avis, pag. 25.

un préjugé : enfuite il ouvre le Livre facré de l'Apocalipfe avec une forte paffion de changer fon Prejugé en certitude ; & veut, à quelque prix que ce foit, y trouver cette délivrance.

Eft-il poffible qu'il fe foit découvert lui-même avec tant d'ingenuité, & qu'il y ait encore des gens affez aveuglez pour y ajoûter foy ? Eft-il poffible que ceux des Calviniftes, qui ont les feules lumieres du fens commun, ne fe rangent pas plûtoft au fentiment des honneftes gens de leur parti, qui ont eu pitié de ces égaremens, qu'aux fauffes lueurs qui les ont éblouïs, en lifant les efperances ridicules dont il les amufoit ?

Mais, comment la trouve-t-il cette délivrance prochaine ? Ce n'eft pas une affaire pour lui ; il a un moyen infaillible pour cela : Quand quelque choſe ne s'accorde pas à ſes penſées, il la rejette ; &, pour toute raiſon, tantoſt il vous dit franchement, que c'eſt à cauſe qu'il n'y trouve pas ſon compte ; & tantoſt, que cela n'eſt pas de ſon gouſt. * *La principale choſe*, dit-il, *qui m'empêche de tomber dans l'opinion du ſens prophetique des Epiſtres, c'eſt que je n'y trouve point mon compte.* † *Je n'ai rien à dire là-deſſus*, dit-il, dans un autre endroit ; *mais cela n'eſt pas de mon gouſt.*

Fiés-vous bien à ce Prophete, & à la délivrance prochaine qu'il vous promet. Il n'a garde de manquer à la trouver dans l'Apocalipſe. Premierement, il veut qu'elle y ſoit : il a une forte paſſion pour ce

* Tome 1, p 46. † Tome 1, p. 51.

la. Secondement, il rejettera tout ce qui ne fera pas ſon compte, & laiſſera à part tout ce qui ne ſera pas de ſon gouſt ; & ainſi, ſi elle n'y eſt point, il ne manquera pas de l'y faire trouver.

Mais, voici ce qui lui a échapé en quelques endroits de ſon Livre, & qui découvre manifeſtement qu'il n'avoit aûtre but que de ſoûlever les Peuples.

Les Propheties qui ſont dans cet Ecrit, avoient d'abord ſcandaliſé les plus éclairez de ſon parti : il nous le dit lui - même dans la ſeconde Edition de ſon Livre. * *Il y a des gens,* dit-il, *qui croyent que l'eſperance que je donne du rétabliſſement, dans peu d'années, peut beaucoup nuire.* Il s'attache d'abord à faire

* Tome I, addition à l'avis, ſec. Edit.

C iv

voir que cela n'eſt pas à craindre ; & voici ce qu'il ajoûte :
Il eſt certain, dit-il, *que ſou-*
vent les Propheties ſuppoſées, ou
veritables, ont inſpiré à ceux pour
qui elles avoient été faites, les
deſſeins d'entreprendre les choſes
qui leur étoient promiſes. Pouvoit-il declarer plus expreſſe-
ment le but qu'il avoit de riſ-
quer de fauſſes Propheties pour
ſoûlever les Mécontens de France, & leur inſpirer les deſſeins
d'entreprendre de ſe procurer
eux-mêmes, par la force, cette prompte délivrance qu'il leur
promettoit ?

　　Non ſeulement on avoit été
ſcandaliſé dans ſon parti, qu'il
euſt oſé publier ſes Propheties:
mais on l'étoit encore davantage, de ce qu'il avoit parlé
d'un ton trop affirmatif. C'eſt
toûjours lui-même qui nous

l'apprend : * *A l'égard de la re-*
marque , dit - il, *laquelle tant*
de gens ont faite : c'eſt qu'on par-
le ici d'un ton trop ferme , &
trop affirmatif , de choſes qu'on
ne devoit, tout au plus, propo-
ſer que comme de fortes conjec-
tures ; peut - eſtre ſçaura-t-on quel-
que jour la principale raiſon qui
m'a fait parler d'une maniere ſi
deciſive , & d'un air ſi perſuadé.
Quelle eſt donc cette raiſon
principale qu'il n'oſe dire, &
qu'on ſçaura peut-eſtre quelque
jour ? Eſt-ce qu'il eſt veritablement perſuadé des choſes qu'il
dit ? C'eſt la ſeule raiſon qui
doit obliger un honneſte Homme à parler d'un ton ferme &
affirmatif. Mais ſi c'eſt là la
ſienne, que ne la dit-il ? Craint-
il de dire la verité ? Ne le preſ-
ſons pas davantage là - deſſus :

* Tome 2, page 184.

C v

il eſt de meilleure foy qu'on ne penſe ; il l'a déja dite lui-même, cette principale raiſon : ne vient-il pas de nous dire, *qu'il eſt certain que ſouvent les Propheties ſuppoſées, ou verita-bles ont inſpiré à ceux pour qui elles avoient été faites, les deſ-ſeins d'entreprendre les choſes qui lui étoient promiſes ?* Voila ſa principale raiſon : il n'en faut point chercher d'autre.

Ce Faux-Prophete ne s'at-tendoit pas qu'on joindroit quelque jour ces deux paſſa-ges : il les avoit écartez à deſ-ſein en deux tomes ſeparez ; les voila preſentement enſem-ble, & ils s'expliquent ſi na-turellement l'un l'autre, qu'il faudroit eſtre aveugle pour ne pas voir, que ſi M. Jurieu a par-lé d'une maniere ſi deciſive, & d'un air ſi perſuadé, de la pro-

chaîne délivrance qu'il promettoit aux Proteſtans de France,
c'étoit à cauſe, que, ſelon lui,
ſouvent les Propheties ſuppoſées, ou veritables, inſpirent à
ceux pour qui elles ſont faites,
les deſſeins d'entreprendre les
choſes qui leur ſont promiſes.

Ce qui ne nous permet pas
de douter, que ce ne fuſt là ſa
penſée; c'eſt qu'il ne ſe contente pas de promettre une délivrance aux Pretendus Refor-
mez de ce Royaume : mais il
veut abſolument, & contre le
ſentiment de tous les autres
Prophetes ſes Confreres, que
cette délivrance ſoit prochaine ; car autrement il voyoit
bien qu'il ne pouvoit pas inſpirer aux Proteſtans d'aujour-
d'hui, le deſſein d'entreprendre
les choſes qui ſeroient promiſes à d'autres.

C vj

Il me faudroit ici copier preſque tout ſon Livre, pour faire voir qu'il s'attache particulierement à vouloir prouver que cette délivrance doit eſtre prompte. Le titre qu'il lui donne le porte: *L'Accompliſſement des Propheties , ou la Delivrance prochaine de l'Egliſe.* Celui de ſon Avertiſſement le dit auſſi: *Avis à tous les Chreſtiens ſur la fin prochaine de l'Empire Antichreſtien du Papiſme.* Il en parle par tout, & avec chaleur; quelquefois même avec ſi peu de precaution, qu'il évente ſon ſecret.

C'eſt en vain que M. de Launay, Joſeph Mede, Dumoulin même, ſon Ayeul maternel; en un mot, tous les autres Proteſtans, qui ont oſé publier leurs rêveries ſur l'Apocalipſe, diſent d'une commune

voix, que les dernieres des
sept phioles, ou des sept playes
qui doivent preceder la fin de
l'Empire Antichreſtien, ne ſont
pas encore arrivées ; cela n'ac-
commode pas nôtre Prophe-
te, parcequ'ils renvoyent à trop
longs jours la délivrance chi-
merique de leur Secte : il s'ir-
rite contre cette lenteur ; auſſi
il ne s'amuſe point à refuter ces
Interpretes, dont les ciſtemes
ſont beaucoup mieux ſuivis que
le ſien. Il a une raiſon ſupe-
rieure à toutes les leurs ; c'eſt
qu'il ne veut point faire long-
tems attendre ce qu'il promet :
* *Si ces deux playes*, dit-il, *euſ-*
ſent encore été à venir, je ſen-
tois bien que le cœur m'alloit
manquer. Et ailleurs : † *Si ces*
playes ne ſont point encore arri-
vées : ſi toutes ſont encore dans

---

* Tome 2, p. 94. † Tome 2, p. 60.

*l'avenir, comme l'a prétendu M.
de Launay, nous voila bien re-
culez, & bien éloignez de nôtre
compte ; il nous faudra encore attendre plusieurs siecles.* * C'est
la pensée de M. Dumoulin, dit-
il, dans un autre endroit : *il
veut que l'Antichristianisme ne
doive finir qu'en l'an 2015 ; nous
aurions encore trois cent trente ans
à souffrir. Pour accomplir,* dit-
il encore, *ce que Mede suppose
qui doit estre accompli avant la
fin de ce Regne Antichrestien, il
faudroit plusieurs siecles.*

Qui ne riroit, de voir un
Prophete alleguer pour raison
du terme prochain qu'il donne à la délivrance que Dieu
doit envoyer à sa Secte, l'impatience où il est lui même de
la voir bien-tost arriver ? Il
faut que Dieu commence à

* Tome 2, page 156.

ruiner le Papifme, & à rétablir la pretenduë Reforme en France dans quatre ou cinq ans. Cela doit tomber juftement fur l'an 1690, & ne fçauroit aller guere plus loin. Pourquoi ? M. Jurieu auroit trop à attendre : le cœur lui manqueroit. Il feroit trop éloigné de fon compte. Un plus long terme n'eft pas de fon gouft. Sa Secte auroit trois cent trente ans à fouffrir. Seroit il jufte de faire languir les Calviniftes durant plufieurs fiecles ?

Peut - on trouver des Lecteurs affez enteftez, pour fe payer de ces raifons ? comme fi les Decrets éternels de Dieu devoient eftre mefurez fur l'impatience des Hommes : Et ne faut - il pas eftre tout - à - fait aveuglé par la prevention, pour ne pas voir, que cet Efprit fe-

ditieux ne s'attache à predire
une prochaine délivrance, que
pour infpirer aux Mécontens
le deffein de l'entreprendre?

Voici encore un endroit de
fon Livre, qui découvre non
feulement, qu'il avoit deffein
d'exciter en France une Guerre civile ; mais qu'il vouloit
auffi difpofer les Anglois à executer le grand Projet qu'on
commençoit à tramer alors, de
chaffer du Trône de l'Angle-
ter un Roy legitime, pour y
faire monter un Prince Proteftant. * *Les Anglois*, dit-il,
fe doivent fouvenir du maßacre
d'Irlande : la conjoncture n'étoit
pas, à beaucoup prés, fi favora-
ble pour le Papifme qu'elle l'eft
aujourd'hui. On ne doit pas fe fier
fur ce que le Roy d'Angleterre ne
confentira jamais à une action fi

* Tome 2, page 152.

barbare : je le croi. Mais les Pa-
piftes ne fe mettent guere en pei-
ne de la volonté de leurs Souve-
rains, quand ils voycut quelque
jour à avancer leurs affaires, par
quelque voye que ce foit : c'eft
pourquoi fi les Proteftaus font fa-
ges, ils ne mettront pas les ar-
mes entre les mains de leurs En-
nemis.

Pouvoit-il confeiller plus clairement à ces Peuples de fecoüer
l'autorité legitime de leur Roy,
& de la faire paffer en d'autres
mains ? Pouvoit-il les y folici-
ter plus fortement, & par de
plus preffans motifs, que font
ceux de la Religion, & de la
crainte des maffacres ? Et ne
vaudroit-il pas autant qu'il leur
euft dit : *Anglois Proteftans, fou-*
venes-vous du maffacre d'Irlande :
l'occafion eft favorable pour le Pa-
pifme, puifque vos armées font

ſous le commandement d'un Roy
Catholique, qui eſt ennemi de vô-
tre Religion : Je croi qu'il ne con-
ſentira jamais à une action ſi bar-
bare ; mais ne vous y fiés point,
ſi vous eſtes ſages : ne laiſſés point
vos armes entre ſes mains : dé-
poüillés-le de la Puiſſance ſupre-
me : détrônés-le ; & mettés en ſa
place un Prince de vôtre Reli-
gion. Son pouvoir ne vous ſera
point ſuſpect ; vôtre Religion ſe-
ra en ſûreté, & vous ſerés à
l'abri des maſſacres ?

A quoi ſert à M. Jurieu
d'avoir envelopé ſa penſée ſous
des termes moins forts, & en
apparence plus moderez ? Voi-
là proprement ce que ſignifient
ces mots : *Si les Proteſtans d'An-*
gleterre ſont ſages, ils ne met-
tront pas les armes entre les mains
de leurs Ennemis.

Aprés cela, des gens qui ſe

vantent d'eſtre Chreſtiens, peuvent-ils avoir lû ſans horreur une ſemblable doctrine ? combien au moins eſt-elle differente de celle qui ordonnoit de *payer le tribut à Cefar*, tout Payen qu'il eſtoit, & qui, dans un tems où il n'y avoit encore aucun Roy qui fuſt Chreſtien, enſeignoit pourtant aux Hommes : * *que c'eſt Dieu qui a ordonné les Puiſſances ; que le Prince eſt le Miniſtre de Dieu pour executer ſa vengeance : que ceux qui s'y oppoſent, s'oppoſent à l'ordre de Dieu : qu'il eſt neceſſaire de s'y ſoûmettre, non ſeulement par la crainte du chaſtiment ; mais auſſi par le devoir de la conſcience.*

Dans tout ce que j'ai dit juſqu'ici de ce premier Fanatique, ou, pour parler plus con-

* S. Paul aux Romains, chap. 13.

formement à la verité, de ce
Faux - Prophete Seducteur, je
ne croi pas que les plus zelez
des Calviniftes m'accufent de
lui avoir impofé en quoi que
ce foit, puifque je n'ai rien dit
de moy-même, ni fur le rap-
port d'autrui ; mais que j'ai tiré de fes propres Ecrits tout
ce que j'ai dit. Il ne faut qu'ouvrir fon Livre ; fçavoir lire ;
n'avoir pas tout - à - fait perdu
l'ufage de la raifon, & avoir
quelque refte de bonne foy,
pour en eftre convaincu.

Cependant, quoiqu'il fuft
perfuadé, que fes Predictions
chimeriques n'eftoient qu'un effort de fon imagination : quoiqu'il fçût bien que tout ce qu'il
difoit, de Dieu, qui lui avoit
ouvert les yeux, & de la Verité éternelle qui lui avoit répondu, eftoient autant de men-

fonges : quoique fes Propheties ridicules fuffent une profana-tion manifefte de l'Ecriture fain-te ; enfin, quoique, par un at-tentat facrilege, il euft ofé fe fervir des revelations de Saint Jean, & des Oracles du Saint-Efprit, pour foûlever les Su-jets contre leurs Souverains ; détrôner les Rois, & remplir l'Europe de feu & de fang, neanmoins fon Livre feditieux ne manqua point de produire en partie l'effet qu'il en avoit attendu.

Avant que cet Ecrit euft ef-té donné au Public, ceux des Religionaires de France, qui, en embraffant la Foy Catholi-que, avoient confervé encore en fecret quelque penchant pour le Schifme qu'ils venoient d'abjurer, commençoient nean-moins à frequenter les Affem-

blées ; à prester l'oreille aux ins-
tructions qu'on leur donnoit,
& revenoient peu - à- peu de
leurs preventions.

Mais les Propheties de Rotterdam n'eurent pas plustost
paru, qu'on les vit tout d'un
coup changer de conduite :
Cette délivrance prochaine,
qu'on leur promettoit de la
part de Dieu, reveilla d'abord
leurs esperances : les revolutions de l'Angleterre, & l'orage qu'ils virent élever contre
la France, acheverent ensuite
de les convaincre, qu'ils verroient bien - tost l'accomplissement de ces promesses : ils s'en-
fermerent dans leurs Maisons ;
ils cesserent d'aller aux Eglises ; ils écoûterent avec deri-
sion, & avec mépris, tout ce
qu'on s'efforçoit de leur dire
pour les desabuser ; & faisan

des vœux ſecrets pour le bou-
leverſement de leur Patrie, ils
attendoient, comme les Juifs,
avec une opiniaſtreté invincible, leur Meſſie, le Prince
d'Orange, ſur la parole de
leur Prophete Jurieu.

Leur confiance eſtoit ſi forte, & ils comptoient avec tant
de certitude ſur les Predictions
de leur Oracle, que la France
ſe trouva alors toute remplie
des Lettres qu'ils s'écrivoient
les uns aux autres, & particulierement ceux qui avoient
fui dans les Païs étrangers :
par leſquelles ils exhortoient
leurs Parens & leurs Amis à ſe
repentir de leur abjuration ; à
demeurer fermes dans leurs
premiers ſentimens : les aſſû-
rant qu'ils reviendroient bien-
toſt en triomphe dans leurs
Maiſons ; que dans moins d'un

an, ou deux, l'Edit de Nantes feroit hautement reftabli; leurs Temples rebaftis, & l'exercice public de leur Religion plus floriffant que jamais.

A Dieu ne plaife, que j'allegue ici ces chofes pour infulter à leur credulité paffée : je fuis perfuadé que les gens les plus fenfez auroient pû donner dans le même piege, s'ils avoient eu les mêmes preventions du cofté de la Religion. Mais, en verité, puifque le tems & les évenemens ont confondu, & confondent encore tous les jours les efperances trompeufes dont ils fe flatoient, il y auroit aujourd'hui, je ne dirai pas de l'opiniaftreté, mais de la folie, à ne pas revenir, de bonne foy, d'un enteftement fi peu raifonnable.

Je ne dois pas oublier de remarquer

marquer ici en paſſant, que leurs
Theologiens furent alors obligez de changer de creance ſur
un point de doctrine qu'ils a-
voient enſeigné juſques là, comme inconteſtable, & dans leurs
Ecoles, & ſur leurs Chaires.

Tandis que la pretenduë Reforme étoit tolerée en France, les Miniſtres, pour retenir
leurs Sectateurs, & les empêcher d'embraſſer la Foy Catholique, avoient toûjours prêché, & prêché unanimement,
& de toute leur force, que
ceux qui abandonnoient leur
Religion pour ſe faire Papiſ-
tes, ce qu'ils appelloient ſe revolter, commettoient le peché
contre le Saint-Eſprit, qui n'é-
toit pardonné ni en ce ſiecle,
ni en celui qui eſt à venir ; parcequ'ils renioient, diſoient-ils,
la verité aprés l'avoir connuë.

D

Tous les nouveaux & vieux
Convertis, bons & mauvais Catholiques, fçavent en confcience, qu'on leur a cent fois rebattu
les oreilles de cette doctrine, &
qu'on en avoit fait un article de
Foy, dont on prenoit foin de les
inftruire exactement dés l'enfan-
ce, afin de fe precautionner de
bonne heure contre le change-
ment de Religion.

Cependant, quand on eut
vû, que prefque generalement
tout le Corps des Religionaires avoit commis ce peché contre le Saint - Efprit, il falut
changer de doctrine, pour ne
pas jetter tant de millions d'a-
mes dans le defefpoir; & M.
Jurieu, qui fongeoit à les ménager pour fes defleins feditieux, & qui leur preparoit
pour cela des Propheties, fut
le premier de leurs Docteurs

qui rompit la glace; & qui, dans fes Lettres Paftorales, fans fe mettre en peine de ce qu'on avoit crû jufqu'alors, commença à enfeigner, que ceux qui avoient abjuré leur Religion, étoient tombez par foibleffe, & pouvoient fe relever de leur chute.

Un Profeffeur ne manque jamais de diftinctions, ni un Declamateur de pretextes: auffi il trouva tout-à-propos l'exemple de Saint Pierre, qui avoit renoncé fon Maiftre par infirmité, & qui avoit enfuite lavé fon crime en pleurant a-merement. Il n'en falut pas davantage à ceux qui venoient d'abjurer leur Religion contre leur confcience; ils fe crûrent tous des Saints Pierres, & ne prirent pas garde qu'ils étoient menez par des Docteurs qui

C ij

changeoient leurs dogmes ſelon les occaſions, & qui ſouf-
floient le chaud & le froid
d'une même bouche.

Voila l'effet pernicieux que
les Propheties de ce Fourbe
produiſirent d'abord ſur l'eſprit de la plûpart des nouveaux mal Convertis : je veux
dire des Simples, ou des Gens
ſans honneur ; car ceux qui
étoient capables d'inſtruction,
s'étoient reünis avec connoiſſance : les honneſtes Gens s'é-
toient faits Catholiques de bonne foy ; & les uns & les autres,
auſſi-bien que les plus éclairez
de ceux qui n'avoient pas abjuré le Calviniſme, ſe moquoient ouvertement de ſes Predictions, & traitoient de fols,
& le Prophete, & ſes Dupes.

Fin du premier Livre.

HISTOIRE
DU FANATISME
DE NOSTRE TEMPS.

LIVRE SECOND.

L E s choſes étoient en cet
état , lorſque les plus
factieux des Miniſtres fugitifs, qui brûloient d'impatience de revoir ce qu'ils avoient
quitté en France , conſiderant
que le ſtratagême dont M. Jurieu s'étoit aviſé , pouvoit avancer leurs affaires , apprenant a-
vec quelle avidité les Mécontens de ce Royaume recevoient
des Propheties qui les aſſûroient

d'une délivrance prochaine ; &
se persuadant qu'il n'y avoit pas
de meilleur expedient pour les
porter à la revolte, crûrent,
qu'il ne faloit pas laisser écha-
per une si belle occasion d'exciter dans le cœur de l'Etat
cette Guerre civile qui devoit
lui porter le coup mortel,
dans la pensée de voir relever leur Religion sur les rui-
nes d'une Monarchie qu'ils
croyoient à deux doigts de sa
perte.

C'étoient pourtant ces mêmes Ministres qui avoient d'a-
bord *murmuré fort haut contre*
ses Predictions ; menacé de s'en
plaindre, & trouvé mauvais qu'il
eust parlé d'un ton trop affirma-
tif : mais le Faux - Prophete
leur ayant fait confidence de
son secret ; leur ayant fait
entendre, *que souvent les Pro-*

pheties supposées, ou veritables,
inspirent à ceux en faveur de qui
elles sont faites, les desseins d'en-
treprendre les choses qui leur sont
promises ; & leur ayant dit à
l'oreille *cette principale & secre-*
te raison qu'on devoit sçavoir
quelque jour, & qui l'avoit fait
parler d'un air si persuadé, ils
furent bien-tost d'accord : son
stratagême fut approuvé dans
leur Conseil secret ; & il fut
resolu de prophetiser pour soûlever les Peuples.

Un premier Inventeur laisse
toûjours quelque chose à faire
à ceux qui viennent aprés lui.
On trouva qu'un seul Prophete ne suffisoit point, pour mettre en mouvement une si lourde
machine : son Livre ne pouvoit
remüer que ceux qui sçavoient
lire ; il faloit inventer quelque
chose qui frapât les yeux des

Ignorans. Pour cet effet on s'avisa de donner des aides à M. Jurieu, en suscitant de Petits Prophetes, & des Prophetesses aussi, qui pussent aller joüer leurs rôles sur les lieux mêmes; & en la presence de ceux qu'on vouloit soûlever.

Le pourroit-on croire, si on ne l'avoit vû? Ce fut alors que, pour la premiere fois, on vit dresser une Ecole, dans laquelle on enseignoit l'Art de prophetiser, où l'on alloit apprendre à predire l'avenir; & où, aprés avoir passé par les épreuves qu'il y faloit faire, on croyoit recevoir le Saint-Esprit de la bouche impure d'un Maistre sacrilege, qui se vantoit de le souffler avec un baiser, dans celle de ces malheureux Ecoliers.

On pourroit s'imaginer que j'ajoûte ici à la verité, pour fa-

tisfaire la curiofité de mes Lecteurs, fi les Arrefts du Parlement de Grenoble, & le propre aveu de ceux qui furent em-
prifonez & punis pour ces im-
piétez, ne rendoient authentiques tous les faits que j'expofe, & tout ce que je dirai dans
la fuite de cette Hiftoire.

Ce fut dans une Verrerie qui
eft fituée fur une Montagne du
Dauphiné, appellée de Peyra,
qu'on trouva à propos de placer cette horrible Ecole.

Il eft aifé de juger, que les
Conducteurs de ce Projet inoüi,
choifirent ce lieu, éloigné de
tout commerce, couvert d'é-
paiffes forefts, environé de rochers & de precipices : Premierement, afin de cacher aux yeux
de tout le monde une action fi
execrable, & fecondement, parceque de ce lieu, il leur étoit

D v

facile de répandre leurs Enthousiastes dans le Dauphiné & dans
le Vivarez, Provinces qu'ils
avoient dessein de soûlever les
premieres, non seulement à
cause du grand nombre des
Mécontens qui y étoient, de
l'esprit grossier de ces Peuples,
susceptible des plus foles visions, & naturellement porté
à la revolte ; mais encore, parceque le Duc de Savoye leur
voisin, aveuglé par le desir de
s'agrandir, prestoit déja l'oreille aux seductions de la Ligue,
& se preparoit secretement à
fondre de ce costé-là dans la
France, avec une Armée qui
devoit grossir à vûë d'œil comme un torrent, de la jonction
de ceux qu'ils se proposoient
de débaucher de leur devoir,
par les Predictions de leurs
Faux-Prophetes.

Un vieux Calviniſte nommé Duſerre, faiſoit alors ſon ſejour ſur cette Montagne de Peyra : il étoit d'un Village de Dauphiné, appellé Dieulefit ; il travailloit en la Verrerie dont je viens de parler, & étoit connu dans le parti pour le plus déterminé Proteſtant qui fuſt en tout ce quartier-là. On jetta les yeux ſur lui pour regenter cette Ecole ; & il fut trouvé propre à élever les Fanatiques qu'on vouloit ſuſciter.

Quoique je n'en aye aucune preuve, les plus incredules ne ſçauroient douter que les Miniſtres fugitifs de France, & qui s'étoient refugiez à Geneve, ne fuſſent lès Auteurs de ce deſſein abominable, s'ils veulent faire tant - ſoit - peu de reflexion à trois choſes, qui ſont d'une connoiſſance publique.

D vj

La premiere , que ce Du-
ferre alloit presque tous les jours
à Geneve où il faisoit son commerce de Verrerie ; & que là
il conferoit avec ceux qui s'y
étoient refugiez, & avec ceux
encore qui étoient allez con-
sulter l'Oracle de Rotterdam,
& qui , aprés s'être d'abord
moquez de lui , étoient pourtant ensuite revenus animez du
même esprit, avoient pris goust
aux Propheties, & s'étoient lais-
sez persuader, qu'il n'y avoit
pas d'autre moyen pour rétablir
leurs affaires.

La seconde, qu'en ce tems-
là, un Ministre de Geneve, qui
n'a pas voulu dire son nom,
donna au Public un Livre intitulé , *Le Baume de Galaad*;
dans lequel il a fait tous ses efforts, pour rendre croyables
les Predictions de Dumoulin ,

& de M. Jurieu : & voyant
qu'on n'ajoûtoit pas affez de
foy à la voye d'infpiration, il
prend un autre tour, & affûre par de pronoftics, qu'il dit
être fondez fur le bon fens,
que ce qu'ils ont prophetifé,
arrivera infailliblement.

Et la troifiéme, c'eft qu'il
eft conftant qu'on avoit formé
alors dans Geneve, une efpece
d'Academie, où l'on examinoit
à quoi étoient propres les Fugitifs de France : fi c'eftoit à
porter les armes, on les envoyoit à nos Ennemis : fi c'étoit
à conduire ceux qui quittoient
ce Royaume, on les faifoit gui-
des, & on leur en apprenoit
le jargon : s'ils étoient capables
de diffimulation, & affez adroits
pour fuborner les autres, on les
renvoyoit dans les lieux de leur
naiffance, où ils s'employoient

secretement à faire des deser-
teurs ; enfin, s'ils avoient quelque talent pour la Prêcherie,
on les faisoit Predicans.

Il est vrai, que sur cet article, je suis obligé de dire ici,
en faveur de la verité, que cette Academie n'étoit composée
que de Ministres fugitifs, &
que la Republique de Geneve
n'avoit aucune part à ce qu'on
y faisoit ; puisqu'il est certain
qu'elle le découvrit, & con-
damna dans la suite l'imposture
re de nos Faux-Prophetes ; &
en cela sa bonne foy a été pu-
bliquement reconnuë & loüée
dans un Ecrit * que j'ai déja
cité.

Ce fut dans cette Academie
qu'on forma le dessein de susciter des Fanatiques ; que Duserre fut choisi pour les dres-

* M. Pelisson, Chim. de M. Jurieu.

fer , & qu'on jetta exactement
le plan de tout ce qu'auroient
à faire & à dire ces malheureux
Enthoufiaftes.

Ce qui ne permet pas d'en
douter, c'eft que, pour preparer les Efprits des Peuples à
écouter avec refpect ces nouveaux Prophetes, on impofa
les mains dans cette Affemblée à deux celebres Predicans,
Henri, & Perrin : le premier,
avoit été domeftique du Marquis de la Tourrete ; étoit devenu fol, & étoit reconnu pour
tel ; & le fecond, étoit un mé-
lancolique taciturne, prefque
aufli imbecile que fon Collegue.

Ces deux illuftres Emiffaires
du Confeil des Fugitifs, fe partagerent le Vivarez : l'un alla
prêcher dans le haut, & l'autre dans les Boutieres : ils couroient les Bois & les Villages,

& traînoient aprés eux la Populace : leurs Sermons n'étoient
que de grands cris de , *Mifericorde*, & des imprecations contre les Preftres , & contre l'E-
glife , langage ordinaire des Enthoufiaftes , dont ils furent les
Precurfeurs ; cependant ils furent pris l'un & l'autre, & a-
voüerent qu'à Geneve on leur
avoit appris à prêcher ainfi.

Il faloit que ceux qu'on vouloit faire paffer pour des gens
infpirez du Saint-Efprit, cruffent effectivement de l'être , a-
fin qu'ils le puffent plus facilement perfuader aux autres ; &
que leur folie les mettant au-
deffus de la crainte des chaftimens , aucune confideration ne
les empêchaft d'aller répandre
de tous coftez les Propheties
feditieufes qui devoient porter
les Peuples à la revolte : c'eft-

à-dire, qu'il faloit commencer par faire devenir fols, ceux qu'on vouloit rendre Prohetes; & que le renversement de l'esprit étoit le premier degré par où devoient passer ceux qui aspiroient au don de Prophetie.

Voici la conduite diabolique qui fut suggerée pour cela à Duserre, ce nouveau Professeur en Fanatisme, qui alloit renouveller en France les anciennes fureurs des Anabatistes, si l'on n'y eust promptement remedié.

On inspira à cet Homme impie de choisir quinze jeunes Garçons, qu'il se fit donner à de pauvres gens de son voisinage, qui furent bien aises de mettre leurs Enfans auprés d'une Personne si zelée pour leur Religion; & il fit donner à sa

Femme, qu'il aſſocia à ſon emploi, pareil nombre de jeunes Filles.

Quand il eut en ſon pouvoir ſes innocentes Creatures, à qui leurs Parens, comme c'eſt la coûtume des Calviniſtes, n'avoient donné pour premiere leçon du Chriſtianiſme, qu'une forte averſion contre l'Egliſe Romaine, il leur fit entendre que Dieu lui avoit donné ſon Saint-Eſprit; qu'il avoit la puiſſance de le communiquer à qui bon lui ſembloit, & qu'il les avoit choiſis pour les rendre Prophetes, & Propheteſſes, pourveu qu'ils vouluſſent ſe preparer à recevoir un ſi grand don, de la maniere que Dieu lui avoit preſcrite. Ces pauvres Enfans, à qui la foibleſſe de l'âge, la ruſticité du naturel, & le défaut d'éducation ne permettoient pas de penetrer l'artifice du Seducteur, crûrent ſans peine tout ce qu'il voulut leur perſuader ; & , tous joyeux d'être quelque jour ce qu'il leur promettoit, ſe ſoûmirent aveuglement à tout ce qu'il voudroit faire d'eux.

Alors, ce Docteur de menſonge, qui tournoit à ſes malheureux uſages, ce que la Religion enſeigne pour exciter les Hommes à la pieté, commença à leur dire, que la plus ſainte preparation pour plaire à Dieu, & recevoir le don de Prophetie, étoit de ſe priver de nourriture ; & leur impoſa des jeûnes de trois jours entiers, qu'il leur faiſoit même reiterer de tems en tems, avec beaucoup d'exactitude.

Il ſçavoit, le Fourbe, que rien n'étoit plus propre à leur

troubler l'esprit ; parceque le cerveau se trouvant desseché par le défaut des vapeurs dont il a besoin, & que les alimens lui envoyent, les jeûnes excessifs & reiterez, le mettent insensiblement hors d'état d'exercer librement ses fonctions. A mesure qu'il s'appliquoit avec soin à chasser la raison de ces jeunes têtes, il les remplissoit des chimeres & des visions fanatiques qui devoient servir au grand Projet de revolte qu'on avoit formé.

De tous les Ecrits divinement inspirez, l'Apocalipse est celui dont les Enthousiastes ont le plus souvent abusé, à cause que son stile misterieux, & ses obscuritez adorables fournissent un champ libre à qui ne craint point de profaner les Oracles sacrez qui y sont contenus.

Ce fut fur le langage de ce
Livre Divin, que Duferre forma clui de fes Eleves en l'Art
de prophetifer : il leur en faifoit apprendre par cœur les endroits où il eft parlé de l'Antechrift ; de la deftruction de
fon Empire, & de la délivrance
de l'Eglife : il leur difoit que le
Pape étoit cet Antechrift ; que
l'Empire qui devoit être détruit, étoit le Papifme, & que
la délivrance de l'Eglife, étoit
le rétabliffement de la pretenduë Reforme en France ; c'eft-
à-dire, que le Cours en Fanatifme, qu'il faloit faire en cette Ecole, pour y remporter l'efprit de Prophetie, comme on
remporte, dans les Univerfitez,
les Lettres du Doctorat, étoit
tiré de l'Apocalipfe ; & que la
glofe de ce Cours, étoit prife
des Ecrits prophetiques du

Professeur de Rotterdam.

Tout le monde sçait que les Enfans des Calvinistes, de quel-que condition qu'ils soient, n'ont pas plustost atteint l'âge de raison, que leurs Parens les mennent reglement à leurs Prê-ches ; & que là ils commencent de bonne heure à oüir dire souvent à leurs Ministres, les mêmes choses que Duserre enseignoit à ses Ecoliers : aussi, quel-que grossier que fust leur esprit, ils eurent bien-tost appris des Leçons qui ne leur étoient pas nouvelles ; & comme la memoire s'augmente par l'exercice, sur tout aux jeunes gens, ils apprirent encore avec la même facilité plusieurs passages des Pseaumes & des Ecrits des Prophetes.

Ce qui fut cause que dans la suite, lorsqu'il eut fermé son

Ecole, & congedié fes Enthoufiaftes, quelques Perfonnes de
bon fens des Catholiques même, ne fçavoient que s'imaginer, d'oüir repeter plufieurs
Textes de l'Ecriture fainte à
de jeunes Garçons, & à de
jeunes Filles de la lie du Peuple, qui ne fçavoient pas feulement lire; ne faifant pas reflexion que les Enfans des Calviniftes, comme je viens de dire, font inftruits à cela dés qu'ils
fçavent parler; & que c'eft même une couftume parmi eux,
que ceux qui ne fçavent pas lire, chantent leurs Pfeaumes par
cœur, & fe chargent la memoire de plus de chofes.

Ce ne fut pas tout: Duferre
ne fe contenta pas de mettre
au pli qu'il fouhaitoit, l'efprit
de cette malheureufe Jeuneffe,
& de remplir leur memoire de

tout ce qui lui ſembla propre à ſes deſſeins, il voulut encore façonner leur corps, & leur apprendre à faire des poſtures qui impoſaſſent aux yeux des Simples, afin que, comme le Demon, il fuſt en toutes cho- ſes le Singe, ou, pour mieux dire, le Pervertiſſeur des Loix de Dieu, qui nous ordonne de le glorifier en nos corps & en nos eſprits.

Il leur apprit donc à battre des mains ſur la tête; à ſe jet- ter par terre à la renverſe; à fermer les yeux; à enfler l'eſ- tomac & le goſier; à demeu- rer aſſoupis en cet état pendant quelques momens, & à dégoi- ſer enſuite, en ſe réveillant en ſurſaut, tout ce qui leur vien- droit à la bouche.

Que pouvoient-ils dire, que ce qu'on leur avoit enſeigné? Ce

Ce n'étoient qu'imprecations contre l'Eglife, le Pape & les Preftres ; blafphêmes contre la Meffe ; exhortations à fe repentir d'avoir abjuré leur Religion ; cris reiterez de, *Mifericorde*, & predictions de la chute prochaine du Papifme ; & de la délivrance de la pretendue Reforme.

Voila à quoi cet infame Seducteur exerçoit fans ceffe dans fa folitude ces pauvres Innocens ; & il avoit la maligne joye de voir que fes foins n'étoient pas infructueux, & que les progrés que faifoient de jour en jour ces petits Fanatiques, répondoient affez bien à fes efperances.

Lorfque quelqu'un des Afpirans au Don de Prophetie, de l'un ou de l'autre fexe, avoit l'efprit affez renverfé par les

E

jeûnes, & fçavoit bien joüer son rôle, le Forge-Prophete assembloit le petit Troupeau, plaçoit au milieu le Pretendant, lui disoit que le tems de son inspiration étoit venu : après quoi, d'un air grave & misterieux, il le baisoit, lui souffloit dans la bouche, & lui declaroit qu'il avoit reçû l'esprit de Prophetie : tandis que les autres, saisis d'admiration & d'étonnement, attendoient avec respect la naissance du nouveau Prophete, & soûpiroient en secret après le moment de leur installation.

Ce fut ainsi qu'il les reçut tous, Filles & Garçons ; & lorsqu'il vit que cet essain de petits Enthousiastes, étoit prest à prendre l'essort, & qu'il avoit de la peine à contenir l'ardeur qu'ils témoignoient de se signaler, & d'aller répandre de tous côtez le poifon qu'ils a-voient fuccé auprés de lui, il les congedia les uns aprés les autres, & les difperça dans les Lieux où il crut qu'ils pour-roient faire le plus de progrés.

Au moment de leur départ, il ne manqua pas de les exhor-ter à communiquer le même Don de Prophetie à tous ceux qu'ils en trouveroient dignes, aprés les y avoir preparez de la même maniere qu'ils y avoient été preparez eux-mêmes; & leur reitera les affurances qu'il leur avoit déja données, que tout ce qu'ils prediroient arri-veroit infailliblement.

Il eft aifé de juger que ces Fanatiques n'allerent pas bien loin, & ne furent pas long-tems fans faire parler d'eux : les efprits des Peuples aufquels

ils s'adrefferent, étoient déja
difpofez à écouter avec refpect
leurs réveries, par les impref-
fions que leur avoient données
les Predictions du Prophete de
Rotterdam, & les Lettres qu'il
écrivoit fans cesse aux Nou-
veaux-Convertis de France, par
lefquelles il les exhortoit à fe
repentir d'avoir abjuré leur Religion, & embraffé la Foy Catholique.

Ainfi, ceux qui avoient déja l'imagination prevenuë d'u-
ne délivrance prochaine, & le
cœur gros du regret de s'être
laiffez perfuader d'aller à la
Meffe, venant à rencontrer fur
cela de jeunes Garçons & de
jeunes Filles de la lie du Peuple, qui leur difoient à-peu-prés
les mêmes chofes, & qui debitoient leur marchandife avec
les grimaces, & les poftures

qu'on leur avoit apprifes, il ne leur en falut pas davantage pour les faire crier : *O Miracle !* & pour leur perfuader que le Saint-Efprit parloit par la bouche de ces Enthoufiaftes.

Entre les Ecoliers d'une même Claffe, il y en a toûjours quelques - uns qui fe diftinguent des autres par leur efprit, & par leur application à profiter des Leçons de leur Maiftre; auffi, entre les Difciples de Duferre, il y en eut deux qui furpafferent leurs Compagnons: l'un étoit un jeune Homme de vingt - cinq ans, appellé Gabriel Aftier, du village de Clieu en Dauphiné ; & l'autre, une jeune Fille, Bergere, du village de Cret, furnommée la belle Ifabeau.

L'un & l'autre joüoit fon rôle dans la perfection ; auffi,

au lieu que les autres Petits.
Prophetes, leurs Confreres, s'ar-
reftèrent aux premiers hameaux
des montagnes voifines du lieu
dont ils étoient partis, & ne firent que peu de bruit, ceux-
ci, fe propofant de plus grands
deffeins, voulurent paroiftre fur
des Theatres dignes d'eux : Gabriel Aftier alla prophetifer en
Vivarez ; & la belle Ifabeau à
Grenoble.

Ce fut cette belle Ifabeau
qui donna dans la vuë à M.
Jurieu. Tout le monde fçait que,
fur le recit qui lui fut fait des
Predictions qu'elle debitoit de
la délivrance de fon Eglife, ce
Miniftre conçut pour elle un
foible, qui l'expofa à la rifée
de tous les honneftes Gens de
fon parti.

Il eft vrai que ceux qui firent reflexion qu'il venoit de

dire dans son Livre , *que sou-*
vent les Propheties supposées, ou
veritables, avoient inspiré à ceux
pour qui elles étoient faites , le
dessein d'entreprendre les choses qui
leur étoient promises ; & que l'on
sçauroit quelque jour la veritable
raison qui l'avoit fait parler lui-
même d'un air si persuadé : ceux-
là, dis-je, virent bien que son entestement à soûtenir l'inspiration de la Bergere de Cret, étoit
affecté , & qu'il faisoit semblant
d'ajoûter foy à ses visions , afin
de les persuader aux autres.

Aussi, il ne fut jamais possible
de le faire revenir de ce qu'il
publia d'abord de cette Pro-
phetesse ; & il le soustint, dans
toutes ses Lettres, avec tant
d'opiniastreté, qu'aprés même
que Dieu eut retiré cette Fille
de ses égaremens ; qu'elle fut
devenuë bonne & devote Ca-

tholique , & qu'elle eut avoüé
à ses Juges , de quelle maniere
Duserre l'avoit seduite , ce Ministre ne demordit point pour
cela de ce qu'il avoit avancé :
fut constant pour sa Bergere,
toute infidelle qu'elle étoit devenuë ; & il eut même l'impru-
dence de dire , * en parlant d'elle , & des autres Petits - Prophetes - Dormans , *qu'ils pouvoient être devenus des fripons;
mais qu'ils ne laißoient pas d'a-
voir été Prophetes.*

C'étoit sur la fin de l'année
1688 , que cette Fille parut à
Grenoble ; Astier en Vivarez,
& les autres Petits - Prophetes
en divers lieux du Dauphiné ;
c'est-à-dire , que le dessein de
susciter en France de Faux-Prophetes , afin d'y soûlever les
Mécontens , étoit si bien lié a-

* Lettre vingtiéme de la troisiéme année.

vec le grand Projet de la Ligue, qu'au premier bruit de la declaration de la Guerre, les Fanatiques fe mirent en Campagne, & furent comme les échos qui repeterent, & répandirent par tout les Propheties qui devoient infpirer aux Calviniftes les deffeins d'entreprendre les chofes qui leur étoient promifes.

Dans le même-tems le Prince d'Orange, aprés avoir donné ordre aux Miniftres, fes Herauts, de faire retentir leurs Chaires de la Prediction de Dumoulin fur l'année 1688, de celles de Jurieu, & des Vifions même de nos Fanatiques, fe jetta dans l'Angleterre avec une Armée, dont il n'avoit que faire; car il avoit déja fait débaucher, fous main, les Peuples de ce Royaume, fous pretexte de

E v

Religion : mais il voulut se donner des airs de Conquerant pour colorer son usurpation, & se faire donner par ses Flateurs, les titres pompeux de Liberateur, de grand Politique, & de Triomphateur; tandis que ceux qui lui rendoient justice, lui donnoient des noms bien differens.

Cependant, l'éclat que fit dans l'Europe une action si barbare, fit d'abord horreur à ceux-là mêmes, qui, sacrifiant la Religion à la Politique, s'étoient liguez avec le Protecteur des Calvinistes : car, quelques pretextes que les Ecrivains Protestans puissent donner à cet attentat, il est certain que la Posterité ne croira jamais que l'Empire & l'Espagne ayent pu voir, sans fremir, un Roy détrôné pour la Religion; une

grande Reine, dont la pieté
eft par tout connuë, fugitive,
& traverfant les Mers avec un
petit Prince au berceau : tandis que celui qui prenoit le titre de Liberateur de la pretenduë Reforme, s'emparoit de
l'Angleterre, menant avec lui
un feconde Tullie, qui, pour
monter fur le Trône, fouloit
aux pieds, non le cadavre de
fon Pere, mais fon Pere vis
vant, & toute fa Famille.

Quoique cette ufurpation
fuft la plus noire de toutes le-
perfidies, les Mécontens de
France ne laiflerent pas d'en
concevoir de grandes efperances pour le rétabliffement de
leur Secte : ils fe difoient déja
les uns aux autres, avec une
feerete joye, que la Prophetie
de Dumoulin commençoit à
s'accomplir ; que celles de Ju-

E vj

rieu le feroient à leur tour : &
nos Fanatiques, prenant de là
occafion de prophetifer avec
plus de hardieffe que jamais,
perfuadoient aifement aux Simples tout ce qui leur venoit
en la fantaifie.

Les Calviniftes mécontens é-
toient dans cette fituation fur
la fin de cette fatale année,
lorfque le Dauphin de France,
à la tefte d'une puiffante Armée, marcha droit à Philif-
bourg ; emporta cette Place,
malgré les incommoditez de la
faifon ; prit Manhein, Mayan-
ce, Francandal, Heidelberc ;
ravagea le Palatinat ; jetta la
terreur dans l'Allemagne, &
impofa filence aux Oracles des
Proteftans ; ou , du moins, il
fit perdre aux Mal-intention.
nez , l'efperance qu'ils avoient
de voir bien - toft accomplir

leurs ridicules Propheties.

La belle Iſabeau joüoit cependant ſon rôle de Propheteſſe à Grenoble ; & s'en acquittoit ſi bien, qu'entre ceux qui donnerent dans ſes panneaux, elle eut la gloire de compter Madame de Bays veuve d'un Conſeiller au Parlement, dont j'aurois tû le nom, pour l'honneur de ſa famille, ſi je pouvois rien cacher au Public ; & ſi le jugement que rendit contre elle à Tournon M. Bouchu Intendant du Dauphiné, ne l'avoit déja que trop fait connoiſtre.

C'étoit une vieille Femme, à qui l'âge avoit affoibli l'eſprit : bonne, juſqu'à la ſimplicité : zelée pour le Calviniſme ; ſans connoiſſance : credule, juſqu'à la folie ; & ſi fort coëffée des chimeres des Fanatiques,

qu'elle voulut être de la pro-
feffion ; & la fit auffi embraffer
à fa Fille, qui étoit à-peu-prés
du même caractere.

Jufques-là, la Bergere de
Cret n'avoit prophetifé qu'en
chambre, fecretement, & devant peu de gens : mais alors,
fe voyant fecondée par des Perfonnes qui faifoient honneur au
métier, elle ne garda plus de
mefures ; fe fit voir au grand
jour, & alla prêcher dans les
ruës, les places & les grands
chemins, déclamant ce que
Duferre lui avoit enfeigné, &
faifant toutes les fingeries qu'il
lui avoit apprifes.

Sa folie étant expofée aux
yeux du Public, produifit d'a-
bord differens effets : Les honneftes Gens en eurent pitié :
les Peuples s'en divertirent ; &
les Simples la regarderent avec

admiration, & prirent pour argent comptant tout ce qu'elle debitoit sur l'avenir.

Cependant, comme le jeu commençoit à paffer la raillerie, & que cette fole Prédicante feduifoit les efprits foibles, & débauchoit les Nouveaux-Catholiques, fes Sermons & fes Propheties ne tendant qu'à exhorter ceux qui avoient embraffé la Foy, à fe repentir de leur abjuration ; à n'aller plus à la Meffe, & à efperer une délivrance prochaine, les Magiftrats la firent arrefter, avec la plûpart de ceux qu'elle avoit déja enrôlez dans fa Confrerie, & à qui elle avoit communiqué le Don de prophetifer.

Quand elle fut en prifon, elle ne fit pas comme ces Oifeaux, qui ne chantent plus

dés qu'on les a mis en cage :
elle piailla, au contraire, plus que
jamais ; & ce fut alors qu'elle
dit à fes Juges, ces paroles,
que M. Jurieu a tant fait va-
loir dans une de fes Lettres,
qu'on pouvoit la faire mourir ;
mais que Dieu en fufciteroit d'au-
tres qui diroient de plus belles
chofes qu'elle.

Ce fut precifement dans ce
tems-là, que ce Miniftre fe de-
clara hautement en faveur des
Petits - Prophetes, contre tout
ce que lui purent dire les honneftes Gens de fon parti ; &
fouftint que leur infpiration é-
toit veritable, avec une opiniaftreté invincible ; mais affectée, ainfi que j'ai déja remarqué : parcequ'il avoit fes
vuës, & qu'il vouloit fe donner des Succeffeurs en Prophetie, comme il s'étoit dé-

ja donné des Precurseurs.

C'est lui-même qui nous dit encore dans une Lettre, qu'il donna alors au Public, que sur le differend qui s'étoit élevé entre lui, & ceux de son parti, qui ne vouloient pas ajouster foy à l'inspiration des Fanatiques, il fit chez lui une Assemblée de plusieurs Esprits forts, & de Ministres : qu'il leur fit lecture d'un Journal qu'il avoit fait des Dits & Faits notables des Petits-Prophetes ; & que ces Esprits forts & ces Ministres, étant entrez avec incredulité, se retirerent credules.

Ce qu'il y a de plaisant dans cette Lettre, c'est que ce Ministre avouë, que ceux qui composoient cette Assemblée, se retirerent sans avoir le tems de dire leurs avis ; mais qu'enſuite ils lui envoyerent M. de Cret, pour l'aſſurer de leur credulité.

Ne voyant pas, que puiſ-que ceux qui s'étoient ren-dus à une Aſſemblée expreſſe-ment faite pour examiner ce qu'on devoit croire des Petits-Prophetes, ſortoient ſans rien dire, leur retraite & leur ſi-lence témoignoient aſſez qu'ils avoient ouï avec deriſion la lecture de ſon Journal ; & que ce qu'ils lui avoient envoyé di-re enſuite, n'étoit qu'une hon-neſteté, ou un trait de pruden-ce, pour n'irriter pas davanta-ge un eſprit fougueux, qui ſe feroit cabré ; & qu'ils vouloient ménager, à cauſe que par cet endroit-là, il ne s'étoit déja que trop décrié dans le parti.

Comment n'auroient-ils pas ri des folies qui étoient conte-

nuës dans ce ridicule Journal,
& que M. Jurieu n'a pas de
honte de rapporter encore dans
cette Lettre ? On y voyoit un
aveu qu'il fait lui-même, que
c'eſt une choſe qui paroiſt d'a-
bord riſible, de voir deux ou
trois cent Petits-Prophetes naî-
tre dans une nuit comme des
champignons. On y voyoit enſuite, qu'un Homme, qui ne
penſoit à rien moins qu'à prophetiſer, dans un tems où l'on
empriſonoit les Prophetes, ſe
retirant de nuit d'une Aſſemblée avec des gens de ſon Village, tomba tout-à-coup, comme frapé du haut-mal; ſe vau-
tra ſur une couche de deux
pieds de neige: puis les yeux
fermez, comme une Perſonne
endormie, ſe mit à prêcher &
prophetiſer.

On y voyoit, que trois Ber-

gerots, de huit, quinze & vingt
ans, Bompar, Mazet & Paſca-
lin, étoient aſſemblez en Con-
cile ; parloient avec l'autorité
des Peres de l'Egliſe ; exami-
noient des Penitens, qui paſ-
ſoient, l'un aprés l'autre, devant
eux, confeſſant leurs pechez,
& faiſant reparation à genoux
de leur apoſtaſie, comme on la
fait faire à Geneve.

On voyoit paſſer, entre ces
Penitens, une Fille, qui, étant
accuſée d'avoir paillardé, dit
ce Miniſtre, le nia d'abord,
puis l'avoüa, & fiança ſon A-
mant ; n'ayant pu cacher ſon
peché à la penetration de ces
trois Prophetes, qui lui défendirent ſeverement de ſe faire
épouſer de la main d'un Preſtre.

Aprés ces faits ridicules, on
trouvoit dans ce Journal, des

remarques & des reflexions de l'Auteur, qui ne l'étoient pas moins. Il fait attention sur ce que de deux Prophetes emprisonez, on en voyoit d'abord paroiftre vingt autres : il examine leurs chutes à la renverse, leur sommeil, leur langage, leurs geftes, leurs predictions, la maniere en laquelle cette maladie se communiquoit; & il s'écrie que c'eft un prodige étonnant, & qu'il laiffe juger aux Habiles, fi ces chofes procedent de l'efprit de Dieu, ou du Demon.

Il fait enfuite de longues & touchantes lamentations fur les emprifonemens de ces Fanatiques. Il appelle *violence* & *perfecution*, la prudence & la precaution de ceux, qui, en faifant arrefter ces fols, ne leur oftoient que la liberté de mal faire : & pretend qu'on n'avoit pas droit d'empêcher leurs Af. semblées ; *parceque ceux qui s'y rendoient , dit - il , ne pechoient point pour aller écouter des voyes aufquelles les Declarations du Roy n'avoient pas pourvu.*

Voila les principaux faits ; les remarques , & les reflexions, qui rendirent credules les Ef- prits forts , & les Miniftres af- femblez chez M. Jurieu, qui fut affez credule lui-même pour prendre ferieufement ce qu'ils lui envoyerent dire par com- plaifance ; & n'eut pas le fens de connoiftre qu'ils fe moquoient de lui, & le traitoient en ma- lade imaginaire, dont la pru- dence veut qu'on ne contredi- fe pas la mélancolie.

Tandis que ce fameux Pro- feffeur perdoit fon tems & fon éloquence à fouftenir que la

maladie de ces Enthoufiaftes é-
toit une veritable infpiration,
la bonne Madame de Bays at-
tendoit en fecret, pour voir
que deviendroit l'orage qui s'é-
toit élevé contre fes Confreres.

Mais enfin, voyant que les
Magiftrats, fans avoir aucun
refpect pour l'efprit Prophetique, continuoient à faire empri-
foner ces Fanatiques feditieux,
elle regarda la ville de Grenoble comme une ingrate Jeru-
falem, qui maltraitoit les Prophetes que Dieu lui envoyoit;
& refolut d'aller porter fes revelations à des efprits plus do-
ciles, & dans un païs où les
gens infpirez du Saint-Efprit
fuffent plus favorablement traitez.

Elle avoit une Maifon de
Campagne auprés de Livron,
petite Ville du Dauphiné, fur le

bord du Rhône : ce fut le lieu
où elle fit deſſein d'aller prophetiſer en ſureté ; & un beau
matin , s'étant dérobée ſecretement de Grenoble , elle ſe mit
aux champs , & prit ſa route
de ce coſté-là.

  L'Eſprit , dont elle étoit agi-
tée , lui avoit été communiqué
avec trop d'abondance , pour
lui permettre de ſe contenir en
chemin : tous les lieux où elle
s'arreſta , ſe reſſentirent de ſon
paſſage ; & elle trouva ſur tout
le long de la Drome , les gens
du monde les plus propres à
eſtre bien-toſt faits Propheres.

  C'eſt une riviere qui n'eſt
point navigeable auprés de ſa
ſource , mais qui ſe precipite de
rochers en rochers dans des
valons affreux , bordez de hautes montagnes ; & les Habitans
de ce païs ſauvage ſont preſ-
      que

que auffi ruftres que les demi-
brutes de l'Amerique.

Ce fut parmi ces Idiots qu'elle trouva une belle moiffon à
faire : bien-toft elle y compta
prés de trois cens Infpirez ; &
fi M. Bouchu, qui avoit l'œil
par tout, n'y euft promptement
remedié, il eft certain que dans
peu, il n'y auroit pas eu un feul
Manant dans tout ce quartier-
là, qui ne fuft devenu Prophete.

Enfin, toute fiere des progrés de fon voyage, elle arriva
à fa maifon de campagne, où
d'abord elle répandit de fon
Efprit avec tant de profufion
fur fon Fermier, & fur toute
fa Famille, que fes Fils & fes
Filles, fes Valets & fes Ser-
vantes prophetiferent auffi-toft;
& tous les jours on y faifoit
des Affemblées, qui ne fe fe-

F

paroient 'guere ſans y voir la
naiſſance de quelque nouveau
Prophete.

M. Bouchu, qui avoit été
averti de ſa fuite, & l'avoit
ſuivie à la trace des Fanatiques, qui étoient nez ſous ſes
pas, & qu'il envoyoit prophetiſer dans les priſons de Grenoble, la ſurprit dans ces oc-
cupations, la fit arreſter & conduire à Tournon, où elle fut
enfermée avec ſa Fille.

Peu s'en falut que le lieu ſa-
crilege, où elle celebroit ſes
miſteres, ne fuſt raſé : on en
avoit déja commencé la démo-
lition ; mais, à la priere de M.
de la Roche, & de quelques
autres Perſonnes de qualité,
on ceſſa, & on ſe contenta
d'arreſter la contagion de ce
mal dans un tems où la Province étoit menacée d'une in-

curfion des Ennemis.

Nous avons laiffé la belle Ifabeau dans les prifons de Grenoble, pour examiner le perfonnage, que joüoit, dans ce tems-là, le Pere & le Défenfeur des Petits-Prophetes, & pour fuivre Madame de Bays dans fon voyage de Livron.

Je dois donc y revenir ; & dire ici, afin de ne rien oublier, que des Perfonnes éclairées, qui, par modeftie, ne veulent pas qu'on les nomme, prirent tant de foin de cette illuftre Propheteffe, qu'on la fit revenir dans fon bon fens ; & Dieu, qui tire, quand il lui plaift, la lumiere des tenebres, & qui vouloit faire un inftrument d'élite de celle en qui fes Ennemis avoient mis leur confiance, lui fit la grace de l'éclairer, & de lui donner un efprit

F ij

de verité, qui chaſſa celui de menſonge qu'elle avoit reçû, & la convertit à la Foy Catholique, qu'elle a depuis profeſſée, & profeſſe encore avec une pieté exemplaire.

Dieu, dont les miſericordes ſont infinies, ne fit pas cette grace à la ſeule Bergere de Cret; pluſieurs de ceux qui avoient été empriſonez avec elle, eurent le même bonheur.

Les Perſonnes pieuſes, qui avoient la charité de travailler à la gueriſon de ces pauvres malades d'eſprit, les empêchoient ſeulement de jeûner, & leur donnoient des alimens fort nourriſans; par ce moyen on leur faiſoit reprendre le peu de ſens que les jeûnes exceſſifs leur avoient fait perdre, & l'on n'avoit pas enſuite beaucoup de peine à leur faire com-

prendre leur folie paſſée, & à
les ramener peu à peu à la raiſon, & de la raiſon à la Foy.

Ainſi finit en Dauphiné la
Comedie du Fanatiſme, dans
laquelle M. Jurieu & Madame
de Bays joüoient les Premiers
rôles, & qui fut heureuſement
dénoüée, par la converſion de
cette Bergere; la détention de
cette Dame, & la riſée qu'excita de tous coſtez la confu-
ſion du Docteur Prophete.

Fin du ſecond Livre.

F iij

HISTOIRE
DU FANATISME
DE NOSTRE TEMPS.

LIVRE TROISIE'ME

 ANDIS que la Prophe-
tesse Isabeau amusoit les
Peuples du Dauphiné,
par la Comedie que nous venons de voir, le Prophete Aſtier joüoit une Tragedie bien
differente dans le Vivarez.

Quoiqu'il cruſt avoir reçû
le Saint-Eſprit par le souffle de
l'impie Duſerre, il ne laiſſa pas
de se souvenir, en sortant de
son Ecole, qu'il avoit quitté

F iv

au Village de Breſſac une certaine Marie, avec laquelle il
avoit vêcu dans une infame
commerce ; ce fut le charme
qui l'attira de ce coſté-là.

Cet Homme de neant, de-
venu Prophete, ne fit pas comme ceux qui, dans une haute
fortune, negligent leurs Parens
qui ſont dans la baſſeſſe : il en
avoit pluſieurs en ce lieu ; il
s'appliqua d'abord à leur faire
part de ſa nouvelle dignité, &
à leur communiquer les Dons
qu'il avoit reçus en abondance.

Ses Pere & Mere, Pierre
ſon Frere aîné, & ſa chere
Marie, furent ceux qui ſe reſſentirent les premiers de ſes
largeſſes : il les fit Prophetes
& Propheteſſes ; en quoi il imi-
ta parfaitement bien ceux, qui
étant montez de bas lieu à
quelque poſte éminent, don-

nent leurs premiers foins, à illuftrer leur Famille ; à tirer leurs Proches de l'obfcurité de leur naiffance, & à combler de biens & d'honneurs tous ceux qui font affez heureux de leur appartenir de prés, ou de loin.

Quelque ravage que les vifionsFanatiques euffent fait dans la tefte de cet Enthoufiafte, il lui reftoit encore affez de liberté d'efprit pour craindre un fort pareil à celui de fes Confreres du Dauphiné.

Leurs emprifonemens, dont il avoit eu le vent, l'obligerent donc de fonger à fa fureté. Il commença d'abord à prophetifer *incognitò*, & à faire fecretement, & de nuit, de petites Affemblées, où il n'appelloit que ceux en qui il avoit remarqué d'heureufes difpofitions à recevoir bien-toft l'Efprit Prophetique.

Ce fut dans ces Concilia-
bules nocturnes qu'il reçut au
nombre des Inspirez ses Parens
& Amis ; &, aprés eux, An-
toine & Isabeau Benoist, Frere & Sœur, Lucresse Rostan,
& Jean Cremiere, aprés les
avoir pourtant preparez les
uns & les autres en la maniere qui lui avoit été prescrite,
& sur tout par le jeûne exact
de trois jours consecutifs, &
reiteré de tems en tems : épreuve terrible, & à laquelle peu
de testes étoient capables de
resister.

Cependant, comme la ma-
ladie du Fanatisme avoit passé du Dauphiné dans le Vivarez, le remede qu'on y appor-
toit, pour en empêcher les
progrés, y avoit aussi passé ; &
les Juges des lieux n'eurent pas
plustost été avertis que le Vil-

lage de Breſſac en étoit infec-
té , qu'ils firent arrefter ceux
de ces Fanatiques , qui furent
aſſez fols pour ſe laiſſer prendre : les uns furent conduits au
Château de la Voute de Van-
tadour , & les autres aux priſons de Privas.

Le Prophete, qui s'étoit tenu clos & couvert pendant ces
pourſuites , eut peur d'eſtre ar-
reſté à ſon tour : il prit la fuite avec quelques-uns de ſes Diſciples , & alla du coſté des
Boutieres , païs inculte, heriſſé
de rochers & de montagnes
arides, couvert de neiges pendant l'hiver, & ſans verdure
dans le printems ; mais d'ailleurs trés-fertile de tout tems
en eſprits feditieux , & en gens
du monde les plus propres à recevoir avec ſuccés les ſemences
qu'Aſtier ſe propoſoit d'y jetter.

F vj

Ce Fanatique avoit éprouvé
que deux ſortes de gens étoient
terriblement contraires à la pro-
pagation de l'Eſprit de Prophetie, les Juges, qui faiſoient empriſoner ſes Sectateurs, & les
gens de guerre, qui avoient ordre de courir ſur leurs Aſſemblées. Il reſolut de remedier à
ces deux obſtacles : pour cet
effet, il s'aviſa de prêcher,
que tous ceux qui auroient reçû cet Eſprit, ne pourroient
point eſtre pris, & ſeroient invulnerables.

Ce ne fut pas en cela ſeulement qu'il rencherit ſur les leçons de ſon Maiſtre : il tolera,
qu'à ſon exemple, tous ceux
à qui il avoit communiqué le
Don de prophetiſer, n'euſſent
rien de reſervé, & ne fiſſent
pas difficulté de ſe communiquer tout ce que l'Eſprit leur
ſuggeroit.

Ce fut pour cela, que dans la Paroiffe de Saint Cierge-la-Serre, un Dimanche au matin, on trouva dans un grenier à foin cinq jeunes Prophetes, & autant de Propheteffes, qui apparemment n'avoient pas employé la nuit entiere à faire des Propheties ; & que, quelques jours aprés, lorfquà Saint-Pierre-Ville on eut arrefté quatre Filles qui prophetifoient, on y prit auffi huit Garçons infpirez, qui ne vouloient point fe feparer d'elles, & qui furent mis dans la cîterne du Château, pour leur faire paffer la chaleur de l'Enthoufiafme dont ils étoient faifis.

Outre l'adreffe dont Aftier ufa dans les Boutieres, pour mettre fes Sectateurs au-deffus de la crainte des Juges & des Soldats, en leur perfuadant,

que rien ne leur pourroit nuire, & l'apât dont il ſe ſervit
pour les attirer, en leur per-
mettant de vivre dans le liber-
tinage ; le meſtier étoit d'ailleurs aſſez bon : ils ne joüoient
jamais leurs farces, qu'ils ne
fuſſent environez d'une foule
de pauvres Simples, dont les
uns embraſſoient la profeſſion,
& les autres prenoient le ſoin
de faire ſubſiſter les Prophetes.

Il eſt aiſé de juger, qu'avec
ces moyens, & dans un païs
ſi favorable, la Secte des Inſpirez devint bien-toſt nombreu-
ſe : auſſi, au lieu que juſques-là
on n'avoit vu tout au plus que
des granges remplies de ces
Fanatiques, alors les vallons
des Boutieres en fourmillerent,
& les montagnes en furent
couvertes.

Je dis, les montagnes ; car c'étoit fur la cime des plus hautes qu'ils s'affembloient ordinairement ; foit qu'ils fuffent affez fols pour croire que l'Efprit qu'ils attendoient d'enhaut , auroit moins de chemin à faire ; foit pour voir venir de plus loin ceux qui s'y devoient rendre, & attendre les pareffeux ; foit enfin pour pouvoir plus facilement pofer des fentinelles, afin de découvrir ceux qui avoient accoûtumé de troubler leurs mifteres : femblables en cela à ces oifeaux qui vont par troupes , & qui ne s'arreftent qu'en des lieux éminens, & découverts de tous coftez , aprés en avoir pofé quelques-uns qui font le guet pour la fureté des autres.

Je n'exagere point quand je dis que les Boutieres fe trou-

verent alors remplies de ces Fanatiques, ou des Insensez qui
couroient aprés eux. Tous ceux
du païs qui ont vu les Assemblées qu'ils firent presque en
même-tems à Saint Cierge,
Pranlez, Tauzuc, Saint Sauveur, Saint Michel, Gluyras,
& Saint Genieys, assurent que
les moindres étoient de quatre
ou cinq cens, & qu'il y en a
eu quelques-unes de trois ou
quatre mille Personnes.

Le hazard, ou plustost l'im-
prudence d'un Capitaine du
Regiment de Flandres, appellé Tirbon, servit beaucoup,
quoiqu'innocemment, à la débauche de ces Peuples : il donna inconsideremment, avec dix
Hommes de sa Compagnie, sur
une de ces Assemblées, auprés
de Saint Sauveur de Montai-
gut : d'abord, sur le refus que

firent ces Mutins de fe feparer,
il fit tirer deffus, par ceux
de fes gens qui avoient des
fufils : on en tua trois ; mais
en même-tems il fut invefti &
accablé par le nombre de ces
Furieux , qui l'affommerent à
coups de pierres, avec neuf de
fes Soldats , qui , n'ayant pas allumé leurs méches, ne purent
point fe fervir de leurs mouf-
quets.

Cet évenement, qui parut
miraculeux à ces Imbeciles, a-
cheva de leur perfuader qu'Aftier ne les avoit pas trompez,
lorfqu'il leur avoit dit , que
ceux qui auroient reçu l'Efprit
de Prophetie , feroient invulnerables , & que les Troupes
fuiroient devant eux : ils cou-
vrirent la mort de ceux des
leurs qui avoient été tuez , en
difant, qu'ils n'avoient pas la

foy ; & ce fut, ſans doute, ce
qui, dans la ſuite, excita l'au_
dace de ces Atroupemens pro_
digieux.

Voici l'ordre qu'ils tenoient,
pour ſe trouver à point nom_
mé, en même lieu, tous à la
fois, & ce qui ſe paſſoit de
plus remarquable dans leurs
Aſſemblées ; ainſi qu'on l'a ſçu
de ceux d'entre - eux qui l'ont
avoüé, & de quelques Catholiques mêmes, qui eurent la
curioſité d'aller épier ce qu'on
y faiſoit.

Le Prophete ou la Prophe-
teſſe, qui devoit y préſider,
en marquoit le jour & le lieu ;
aprés quoi, pour avertir tous
ceux qui voudroient s'y rendre, on envoyoit des Emiſſai-
res de tous coſtez, qui, pendant la nuit couroient de Paroiſſe en Paroiſſe, à trois ou

quatre lieuës à la ronde.

A peine le jour marqué commençoit à poindre, que de tous les hameaux d'alentour on voyoit sortir en foule, Hommes, Femmes, Filles, Garçons, les Enfans mêmes, qui, quittant leurs chaumières à la hâte, perçoient les forests, grimpoient sur les rochers, & voloient au lieu indiqué avec une ardeur toute autre que celle avec laquelle ils ont accoûtumé d'aller à leurs plus grandes foires.

Quand l'Assemblée étoit formée, le Prophete Doyen, élevé en un lieu où il pouvoit être vu de tous, en faisoit l'ouverture, en criant à pleine teste & à genoux, *Misericorde !* La Troupe fole, à genoux aussi, répondoit à ce cri sur le même ton, & toutes les colines & les échos du voisinage re-

tentissoient du cri de, *Miseri-*
corde, qu'ils repetoient plusieurs
fois.

Il recitoit ensuite, à haute
voix, la Priere que les Protestans avoient accoûtumé de dire au commencement de leurs
Prêches ; aprés quoi, il ento-
noit, de toute sa force, quelque Pseaume de Marot, ou de
Beze, qui étoit chanté de même jusqu'au bout par tous les
Assistans, avec un bruit effro-
yable, où il y avoit plus d'hur-
lement que d'harmonie.

Ce n'étoient encore là, que
les preludes de la celebration
de leurs grands Misteres, qui
étoient la communication de
l'Esprit ; la reception des Prophetes & des Prophetesses ; l'attention qu'ils apportoient à oüir
les Predictions nouvelles, que
debitoient les Nouveaux-Re-

çus, & le spectacle risible des postures, & des grimaces que faisoient aux yeux de tous, & les Prophetes déja reçus, & les Recipiendaires.

Quand ils en vouloient venir là, le President se levoit debout ; c'étoit un signal à tous d'en faire de même : il élevoit ensuite ses yeux vers le Ciel, & battoit des mains au-dessus de sa teste, en criant, *Miseri-corde* : on lui répondoit de même, & autant de fois qu'il le repetoit : aprés quoi, il crioit encore à haute voix, *Qu'on se laisse tomber à la renverse sans se faire mal*, & à mesure que ces pauvres Idiots se jettoient à la renverse, il abaissoit insensiblement ses mains, jusqu'à ce qu'il eust vu par terre toute l'Assemblée.

Ces chutes à la renverse, &

ſans ſe faire mal, étoient re-
gardées par ces fols, comme
un pouvoir extraordinaire du
Prophete principal, qui, par
ſa parole, renverſoit ſouvent
tout à la fois, trois ou quatre
mille perſonnes, ſans qu'aucun, diſoient - ils, en fuſt
bleſſé.

La merveille n'étoit pourtant
pas fort grande; car comme on
avoit mis dans la teſte de ces
Inſenſez, que c'étoit une marque de reprobation de demeurer debout quand les autres
tomboient, ou de ſe bleſſer en
tombant, il n'y en avoit gue-
res parmi eux qui vouluſſent
paſſer pour reprouvez : tous
tomboient, la plûpart en ſe
laiſſant emporter à la folie commune; pluſieurs, pour ne pas
s'expoſer aux reproches que leur
auroient faits, en preſence de

tous, les Prophetes & les Pro-
phetefles, qui ne manquoient
jamais d'appeller des *Damnez*,
des *Impies*, & des *Demons*,
ceux qui demeuroient debout ;
& quelques-uns, par feintife feulement, pour fe moquer d'eux,
ou afin de n'eftre pas découverts étrangers de leurs corps,
ainfi que fit un jour un Catholique nommé Comble, à l'Affemblée de Saint Cierge : cependant aucun de ceux qui fe
blefloient en tombant, n'ofoit
fe vanter des coups qu'il fe
donnoit, de peur de s'attirer
les huées de cette canaille, &
les injures des Infpirez.

Lorfque toute la Congrega-
tion avoit fait le faut peril-
leux, & que la terre étoit jon-
chée de ces Imbeciles, ceux
qui fe trouvoient les plus prés
de leur grand Prophete, le

mettoient fur leurs genoux, où ils le rouloient, & le dorlo-toient, jufqu'à ce qu'il fuft revenu de fon affoupiffement, & des foibleffes de fa chute ; là, aprés s'eftre agité quelque tems comme un Poffedé, il commençoit à prêcher, & à prophetifer.

Mes Freres, leur difoit-il or-dinairement, *amendez-vous : fai-tes penitence : la fin du monde ap-proche : le Jugement general fera dans trois mois. Repentez-vous du grand peché que vous avez commis d'aller à la Meffe ; c'eft le Saint-Efprit qui parle par ma bouche.*

Il fe levoit aprés ce beau Sermon ; &, d'un pas grave, il s'approchoit de ceux, ou de celles qui avoient paffé par les épreuves qu'il faloit faire pour eftre reçu ; c'eft-à-dire, qui avoient

voient aſſiſté ſouvent aux Aſſemblées, reiteré autant de fois
le jeûne exact de trois jours
conſecutifs, & reçu ſur leurs
genoux les Prophetes, ou les
Propheteſſes qui y avoient pre-
ſidé.

Quand il étoit auprés de
celui des Aſpirans qui étoit le
mieux preparé, il lui ſouffloit
dans la bouche, en diſant :
Reçois le Saint-Eſprit. Alors il ce-
doit ſa place au Nouveau-Re-
çu, qui commençoit en même-
tems à parler en public, à prêcher, à prophetiſer, & à communiquer aux autres le Don
qu'il venoit de recevoir ; &
ceux-là à d'autres encore, juſqu'à ce que tous les Bacheliers
en Prophetie euſſent été mis
dans le Catalogue des Prophetes ; & tout ce que diſoient
en ce moment ces Fanatiques,

G

étoit écouté avec refpect & ve-
neration, comme autant d'Oracles du Saint-Efprit.

Tandis que ces chofes fe paf-
foient au milieu de l'Affemblée,
entre le principal Prophete &
les Afpirans à la Dignité, les
Initiez & les Novices s'exer-
çoient, de toutes parts, à joüer
le même rôle, afin que lorfque
leur tour viendroit, ils puffent
s'en aquitter dignement; & je ne
doute point, que le fpectacle ex-
travagant de ces momeries criminelles, ne fuft pluftot un objet de compaffion que de rifée.

Ceux qui étoient difpofez à
recevoir le Don de Prophétie,
ne tomboient pas feulement
dans l'Affemblée, quand on
crioit, *Mifericorde !* mais à la
campagne, & dans leurs maifons; & pour faire à croire que
ces chutes avoient quelque cho-

se de merveilleux & de divin, ils disoient qu'elles commençoient par des frissons & des foiblesses, semblables à celles des Febricitans, qui leur faisoient étendre les bras & les jambes, baailler plusieurs fois auparavant que de tomber; que lorsqu'ils étoient par terre, ils avoient des convulsions qui les faisoient écumer; que leur ventre & leur gosier s'enfloient, & qu'ils souffroient beaucoup en cet état; qu'il y en avoit à qui ces accidens duroient plusieurs heures, & plus long-tems aux personnes avancées en âge, qu'aux jeunes gens.

Il se pouvoit bien faire, que les courses à pied, souvent de deux ou trois lieuës; les jeûnes de plusieurs jours; les cris continuels, & les injures des saisons, où ils s'exposoient, ren-

G ij

verſoient la cervele à la plûpart, & pouvoient eſtre la cauſe naturelle de ces differens
ſimptomes : mais il eſt conſtant,
par le propre aveu de ceux
qui revinrent de leurs égaremens, que dans l'origine, le
tout n'étoit qu'un pur artifice
de l'impie Duſerre, pour former des Fanatiques, dans le
deſſein de ſoûlever les Peuples
par de fauſſes Propheties ; en
quoi il ne faiſoit que marcher
ſur les traces de M. Jurieu, &
ſuivre les inſtructions qui lui
avoient eté données par les
Miniſtres refugiez à Geneve.

Je n'aurois jamais fait, ſi je
voulois raconter ici toutes les
chimeres dont ſe repaiſſoient
ces pauvres Idiots, & les folies qui avoient trouvé creance
dans leur imagination dereglée;
la plûpart diſoient qu'ils avoient

fenti que l'Efprit Prophetique
fe communiquoit, lorfqu'ils tenoient fur leurs genoux ceux
qui étoient tombez ; c'eft pourquoi, ils s'empreffoient à s'en
faifir des premiers ; & s'étoient
ordinairement les bons offices
que les Garçons rendoient aux
Filles, & les Filles aux Garçons.
Quelques-uns ont dit, comme
fit Pierre Cheynet, que cet
Efprit commençoit à s'intro-
duire en eux par la cuiffe, qui
leur fembloit eftre de fer, &
de là par tout le corps avec un
friffon. Il s'en eft trouvé d'affez fols, pour foûtenir à leurs
Juges, qu'ils étoient eux-mêmes le Saint-Efprit : C'eft ainfi
que cette Ifabeau Benoift, dont
j'ai déja parlé ; le repeta, par
plufieurs fois, au Curé de Bref-
fac, en prefence de M. de Saint
Lager ; & que les Prophetes

G iij

de l'Aſſemblée de Tauzuc, écri-
vant au Juge de Saint Pierre-
Ville, pour lui commander de
lâcher les priſoniers qu'il avoit
faits, prirent tous, au bas de
leur Lettre, la qualité de Saints-
Eſprits.

Dans ces foles Aſſemblées,
ces Petits - Prophetes n'étoient
pas pluſtoſt éclos, qu'ils ſe mon-
troient fort liberaux à promettre à leurs Auditeurs credules,
des choſes qui fuſſent de leur
gouſt ; en quoi ils reſſembloient
parfaitement à leur Pere puta-
tif M. Jurieu, qui n'avoit predit, & n'avoit voulu predire,
que prochaines délivrances de
la pretenduë Reforme, & deſ-
tructions du Papiſme, ou de
l'Empire Antichreſtien.

Ainſi toutes les Propheties
ne rouloient que ſur le rebâ-
tiſſement de leurs Temples, &

la chute des Eglises. Celles du
Pouzin & de Saint Vincent,
selon leur calcul, devoient estre abîmées le treiziéme de Fevrier de l'année 1689 : Celle
de Serres, devoit s'en aller en
fumée le dix-sept ; & ce jour-
là, precisément, le Temple de
ce lieu, qui avoit été abatu,
devoit se trouver miraculeuse-
ment rebâti, & plus blanc que
la neige.

Ils prophetisoient encore la
conversion des Prestres qui leur
estoient les plus opposez, & la
mort des autres : les Curez de
Privas, Flavian & Saint Vincent de Durfort, devoient
se faire de leur Religion, &
estre du nombre de leurs Prophetes : celui de Rompon, en
entrant dans son Eglise, devoit
tomber à la renverse, sans pouvoir passer outre, à la vûë d'un

grand feu de diverſes couleurs, qui paroîtroit ſur l'Autel ; & ces folies, toutes extravagantes qu'elles étoient, avoient fait une ſi forte impreſſion ſur l'eſprit des Peuples du Vivarez, qu'il ſe trouva des gens aſſez dupes, quoique des Principaux du parti, qui envoyerent exprés ſur les lieux aux jours marquez, pour s'informer ſi ce que ces Enthouſiaſtes avoient predit étoit arrivé.

Ce n'étoit pas la ſeule conformité qu'il y avoit entre M. Jurieu & ſes Succeſſeurs en Fanatiſme : il s'étoit vanté, qu'après avoir frapé humblement, & par pluſieurs fois, à la porte des Propheties, elle s'étoit enfin ouverte ; que la Verité éternelle lui avoit répondu ; que Dieu lui avoit ouvert les

yeux, & qu'il avoit vu clairement ce qu'il annonçoit de
l'avenir : eux, ne faifant que
rencherir fur fes vifions, fe van-
toient de même, qu'ils voyoient
les Cieux ouverts, les Anges,
le Paradis & l'Enfer, & que
rien ne leur étoit caché.

Il avoit prophetifé, * que l'on
verroit dans peu en France le
Calvinifme rétabli avec éclat ;
& c'eft, felon lui, ce que fignifie la refurrection de ces
deux témoins, dont il eft dit
dans l'Apocalipfe, *qu'ils monte-
ront aux Cieux dans une nuée :*
eux, groffiffant toûjours les ob-
jets qu'il leur avoit prefentez,
au lieu de deux témoins, en
annonçoient quatre, & pre-
difoient, dans peu, la venuë
d'autant de Miniftres qui devoient leur adminiftrer la Ce-

* Accomp. des Proph. Tom. 2 , p. 164.

G v

ne , & eftre enlevez enfuite dans le Ciel en corps & en ame.

Enfin , ce Profeffeur Fanatique avoit pouffé la chimere, jufqu'à ofer dire , en parlant de ce rétabliffement imaginaire , qui , à fon compte , devroit eftre déja commencé, * *la Verité alors montera fur le Trône.* Ce font ici fes propres termes : *Et comme Dieu a donné un Prince Papifte à l'Angleterre , contre toutes les apparences ; ainfi Dieu donnera un Prince Reformé à la France , malgré toutes les oppofitions des Papiftes.* Et nos Petits-Prophetes, qui le copioient en toutes chofes , mais qui ne gardoient aucunes mefures, publioient , fans façon, dans leurs Affemblées , que le Roy faifoit penitence de les avoir forcez d'aller à la Meffe ; qu'il fe fai-

* Tome 2 , page 166.

soit instruire pour embrasser leur Religion, & que Monseigneur le Dauphin avoit déja commencé.

Faut-il s'étonner, après cela, que M. Jurieu n'ait pu se resoudre à abandonner des gens qui avoient si bien profité de ses Leçons; & qu'en Pere aveugle sur les défauts de ses Enfans, il n'ait jamais voulu avoüer la folie de ceux à qui il avoit donné la naissance.

Il y avoit pourtant cette difference entre-eux & lui, qu'il affectoit seulement de paroître Inspiré: qu'il avoit les vuës que j'ai déja dites, en publiant des Propheties supposées; & qu'il gardoit des ménagemens, & envelopoit toûjours ses prédictions, comme les Oracles, sous des termes équivoques, pour le tems auquel ce qu'il prophe-

G vj

tiſoit devoit arriver , afin qu'on
en puſt allonger ou accourcir
l'accompliſſement : au lieu que
ces pauvres Inſenſez croyoient
eſtre effectivement inſpirez du
Saint-Eſprit; prophetiſoient ſans
deſſein, ſans malice, & avec ſi
ſi peu de retenuë, qu'ils mar-
quoient toûjours hardiment le
jour, le lieu, & les perſonnes
dont ils parloient dans leurs
Predictions.

Lorſqu'ils étoient attentifs,
comme je viens de dire, à leurs
ridicules Miſteres, ſi quelque
Ancien - Catholique , accouru
au bruit de leurs Atroupemens,
venoit à s'approcher d'eux pour
leur remontrer leur devoir, &
les avertir charitablement du
danger où ils s'expoſoient, ils
ne l'avoient pas pluſtoſt apperçu, qu'ils redoubloient leur cri
de , *Miſericorde !* & le Pro-

phete principal , en batant des
mains , ne ceffoit de crier de
toute fa force , qu'on n'écou-
iât point ce Diable , ce Ten-
tateur & ce Satan ; ce qui exci-
toit toute l'Affemblée à faire
contre lui des hurlemens fi effroyables , qu'il étoit obligé de
fe retirer fans pouvoir eftre
écouté.

La préfence d'un Preftre,
étoit , fur tout alors , ce qui
jettoit parmi eux une plus grande confternation , & ce qu'ils
craignoient le plus : elle étoit
caufe , difoient - ils , que le feu
du Saint - Efprit brûloit ceux
qui en étoient poffedez , &
leur faifoit fouffrir des douleurs
trés-violentes , dont ils ne pouvoient eftre foulagez , qu'en faifant approcher d'eux quelqu'un
qui chantât des Pfeaumes ; ce
qui leur avoit été fans doute

fuggeré par quelque Miniſtre, qui avoit voulu imiter cet endroit de l'Ecriture, où il eſt dit, que l'Eſprit qui agitoit le Roy Saül, ne pouvoit eſtre adouci que par la harpe de David.

Voila ce qui ſe paſſoit ordinairement dans ces Aſſemblées, qui duroient ſouvent pluſieurs heures, quelquefois même les jours entiers, ſelon le nombre de ceux qu'ils avoient à inſtaller au rang des Propheres, ou que les Nouveaux-Reçus étoient d'humeur de jaſer.

La folie de ces Enthouſiaſtes ſe répandit avec tant de rapidité dans ce malheureux païs, que la flame d'un embraſement pouſſée par le vent, ne paſſe pas plus vîte, de Maiſon en Maiſon, que cette fureur vola de Paroiſſe en Paroiſſe.

Ce fut le 26 de Janvier de

l'année 1689, qu'ils s'assemble-
rent, en plein jour, pour la
premiere fois ; & le 12 de Fevrier suivant, presque tout le
Vivarez se trouva rempli de
ces Fanatiques, ou de gens qui
couroient aprés eux.

l'Esprit prophetique seul, ne
fut pourtant pas la seule cause
de la prompte débauche de ces
Peuples : il y avoit encore un
Esprit de revolte mêlé à cette
manie, & qui souffloit secretement le feu que ces Idiots
avoient allumé.

C'étoient les principaux, les
plus riches & les plus factieux
des Convertis, qui, n'osant faire ouvertement comme les autres, de peur de perdre leur
bien, fomentoient sous main
ces mouvemens, & attendoient
le soulevement general du Vivarez, pour se declarer les derniers.

Les Juges des lieux, les Curez, & les Anciens - Catholiques, firent d'abord tout ce qu'ils purent pour arrester ces desordres dans leur naissance; mais il leur fut absolument impossible : le mal se trouva, tout d'un coup, plus grand que tous les remedes qu'ils y purent apporter : Ils avoient à faire à des gens qui n'entendoient point de raison, qui se moquoient de leurs poursuites; qui répondoient à leurs exhortations par des huées, & qui ne vouloient écouter que leurs Prophetes.

M. de Folville, Colonel du Regiment de Flandres, qui étoit sur les lieux avec quatre Compagnies seulement, fit aussi de son mieux pour y remedier; il dissipa d'abord les premieres de ces Assemblées, & fit tuer quelques-uns de ces Fanatiques : mais comme ils étoient alors dans le plus grand accés de leur manie, cette saignée ne fit qu'irriter le mal ; & pour une teste qu'il faisoit couper à cette Hidre, il en voyoit aussi-tost renaître vingt autres, sans qu'il le pust empêcher.

Les choses étoient en cet état, lorsque la nouvelle en fut portée à M. le Comte de Broglie Lieutenant general des Armées du Roy, & à M. de Basville Intendant de la Province de Languedoc, dont le Vivarez fait la plus considerable partie.

Ils en furent avertis le seize de ce mois de Fevrier, à minuit, à Montpelier : ils en partirent le dix-sept, aprés avoir mandé à M. de Viviers, pour lors Evêque de Lodeve, de les

venir joindre dans leur route ; parceque leur deffein étoit
d'employer pluftoft les voyes
de la douceur que celles de
la force ; & ils fçavoient que
ce Prelat, avant ces defordres, avoit travaillé efficacement pour la Religion dans ce
païs, en la place du vieux
Evêque fon oncle, qui, à caufe de fon grand âge, étoit in-
capable d'agir.

Le mal étoit preffant, &
pouvoit avoir des fuites encore plus à craindre, à caufe de
l'affiete des lieux, & de la
conjonéture du tems : cet orage fe formoit dans un païs déja connu par fes rebellions ;
l'efprit de revolte pouvoit aifement fe communiquer de là,
dans le Velay, les Cevenes,
la Gafcogne, & s'étendre d'une
mer à l'autre : toutes les for-

ces de la Ligue étoient preftes à marcher contre la France. Le Chef des Proteſtans venoit de ſe faire couronner à
Londres ; &, quoiqu'il ne fuſt
regardé par les gens de bien,
que comme un Uſurpateur, ſa
grandeur uſurpée ne laiſſoit
pas de donner dans la vuë
aux Calviniſtes, & à tous ceux
qui n'ont accoûtumé de juger
des choſes que ſur les apparences.

Cependant, il n'y avoit dans
tout ce grand & affreux païs,
que quatre Compagnies de Dragons, & autant d'Infanterie,
aſſez délabrées ; nulle eſperance de pouvoir faire venir à
tems d'autres Troupes : ainſi,
il faloit, de toute neceſſité,
ou faire entendre promptement
raiſon à ce grand nombre de
fols, ce qui n'étoit pas poſſi-

ble , ou reprimer leur fureur
avec ce peu de monde ; ce qui
ne paroiſſoit pas moins diffi-
cile.

Dans cette fâcheuſe extre-
mité, M. le Comte de Bro-
glie, & M. de Baſville, étant
partis de Montpelier, ſe rendirent le premier jour au Saint-
Eſprit, & formerent en chemin le plan de ce quils avoient
à faire ; car il n'y avoit pas un
moment à perdre. Ils envoyerent ordre aux Communautez
du Vivarez, de lever promptement le plus de Milices qu'elles pourroient, compoſées d'An-
ciens-Catholiques ; & à M. de
Folville, de raſſembler le peu
de gens de guerre qu'il y avoit
dans le païs; de ſuivre les Atroupemens de ces Fanatiques, &
de tâcher à les engager adroitement dans des montagnes où

ils puſſent eſtre inveſtis , &
dont on puſt faire garder les
paſſages par les Milices qu'on
levoit inceſſamment.

Cependant , ils firent , en même-tems, exhorter les Curez ,
les Juges des lieux , les Catholiques , & ceux des Convertis qui
avoient quelque choſe à perdre ,
de redoubler leurs ſoins dans
chaque Paroiſſe , afin de tenir
dans le devoir tous ceux qu'ils
pourroient, tandis qu'on alloit
travailler à y faire rentrer ceux
qui en étoient ſortis.

Ces ordres furent portez ,
ſur le champ , de tous coſtez ,
& executez par tout , avec preſ-
qu'autant de promptitude qu'ils
avoient été donnez : dans moins
de vingt-quatre heures, tout ce
qu'il y avoit de bons Serviteurs
du Roy dans le Vivarez , fut en
mouvement : les Milices preſtes

à marcher ; & M. de Folville, à la teste des Troupes reglées, commença à suivre de prés les Fanatiques, dans tous les lieux où il eut avis qu'ils formoient leurs Assemblées seditieuses.

Ces démarches, dont ils furent aussi-tost avertis, ne les rendirent pas plus sages : ils s'atrouperent, au contraire, avec plus de fureur, & en plus grand nombre : leurs Prophetes les assurerent, de nouveau, qu'ils n'avoient rien à craindre, qu'ils étoient invulnerables, & qu'ils n'avoient qu'à souffler contre les Troupes, en criant, *Tartara !* pour les mettre en fuite.

C'estoit alors, sans doute, un spectacle bien extraordinaire & bien nouveau : on voyoit marcher des gens de guerre, pour aller combattre de peti-

tes Armées de Prophetes : il
est vrai qu'il y en avoit un
bon nombre parmi eux, qui,
ne comptant pas trop sur les
ridicules promesses qu'on leur
faisoit, avoient pris des armes ; exhortoient ceux qui n'en
avoient point, à se défendre à
grands coups de pierres, &
les postoient en des lieux si
avantageux, & si impraticables,
qu'on avoit souvent plus de peine à aller à eux qu'à les vaincre.

Si la folie des Faux-Prophetes, n'avoit servi de pretexte
aux Mal-intentionnez pour se
soûlever, ceux qui avoient en-
trepris d'arrester ces desordres,
ne se seroient jamais déterminez
à faire prendre les armes contre des Insensez : ils se seroient
contentez de faire mettre en
prison les Chefs des Fanatiques;

& de les traiter en malades, comme on avoit fait dans le Dauphiné : mais le Fanatiſme degenerant en revolte, dans un païs ſujet aux ſeditions, & les Atroupemens de ces Furieux groſſiſſant tous les jours à vuë d'œil, par les Rebelles qui ſe joignoient à eux, on fut obligé d'en venir aux executions militaires, pour garantir le Viva-rez d'un ſoulevement general.

Dans cette vuë, M. de Fol-ville executa, avec autant de diligence que d'exactitude, le deſſein qui avoit été d'abord formé par M. le Comte de Bro-glie, & M. de Baſville, qui s'a-vancerent juſqu'à Aubenas, afin de donner leurs ordres de plus prés, & payer de leurs perſon-nes, ſi le ſervice du Roy le de-mandoit ; ainſi qu'ils en trou-verent l'occaſion quelques jours aprés,

aprés, comme nous le verrons dans la fuite.

Ce Colonel entra donc dans le Haut-Vivarez, à la tefte du peu qu'il avoit de Troupes reglées, & fuivi d'environ trois cens hommes des Milices de Privats, Bologne, Aubenas, Rochemaure, Entraigues, & Saint Laurens, commandées par M. le Comte de Vabres, M. de Mirabel, & M. de Prau, Capitaine de Dragons du Regiment Dauphin. A peine y fut-il entré, qu'il apprit que tout ce païs étoit rempli d'Affemblées : dans la feule Paroiffe de Gluyras, il y en avoit cinq ; à Gruas, une fort groffe ; une autre fur un Côteau, appellé la Fare : dans la Paroiffe de Pranlez, une de plus de deux mille Perfonnes ; à Saint Cierge de même, à Saint Michel, à Saint

H

Maurice, à Saint Genieys-la-
Chan , & generalement sur
toutes les montagnes des Boutieres.

Il sçavoit , par experience,
qu'en épargnant ces Mutins, on
les rendoit plus audacieux &
plus insolens ; d'ailleurs , il venoit d'apprendre , par l'exemple de ce Capitaine de son Regiment , qui avoit été assommé
avec quelques Soldats , qu'il
étoit d'une trés - dangereuse
consequence de laisser remporter le moindre avantage à des
fols , qui attribuoient tout à
miracle , & prenoient de là occasion de s'opiniâtrer dans leur
revolte.

Cependant, il n'avoit pas assez de Troupes pour les separer , & faire donner en même
tems sur toutes ces Assemblées :
il jugea donc à propos d'en

faire attaquer une vigoureuse-
ment, afin d'intimider les autres, & les obliger de se sépa-
rer.

Dans le tems qu'il étoit ir-
resolu à laquelle il marcheroit,
les hurlemens qu'il oüit sur la
montagne de Cheilaret, qui
s'éleve entre Gluyras, & Saint
Genieys, le determinerent d'aller de ce costé-là; c'estoit une
Assemblée très-nombreuse, qui
faisoit retentir toutes les colines
de cris effroyables.

Les Fanatiques virent venir
les Troupes d'assez loin; il ne
tint qu'à eux de s'enfuir, mais
ils ne branlerent point; & quand
on fut assez prés, pour observer
leur contenance, on vit, que
les uns se couchoient par terre,
& se souffloient dans la bouche
les uns des autres, afin de s'ani-
mer par une nouvelle commu-

nication de leur Esprit prophetique ; les autres se saisissoient
de leurs armes ; ceux qui n'en
avoient point, prenoient des
pierres , & montoient sur la
pointe des rochers, ou se ca.
choient derriere des arbres.

M. de Folville, aprés avoir
posté sa Milice dans les défilez
de la montagne pour les inves-
tir, les fit charger brusquement
de tous costez : alors, on vit
commencer le plus extraordinaire & le plus ridicule combat,
qu'on ait peut-estre jamais vu.
Tandis que les Rebelles, qui
étoient parmi les Enthousiastes , faisoient pleuvoir d'enhaut une grêle de pierres, en-
tremêlée de coups de fusils, sur
les Dragons & sur l'Infanterie,
les Prophetes & les Prophetesses s'avançoient au-devant des
Troupes avec un air furieux, en

foufflant fur elles de toute leur force, & criant à haute voix, *Tartara ! Tartara !* Ces fols croyoient fermement, qu'il ne leur en faloit pas davantage, pour mettre en fuite les gens de guerre ; mais voyant qu'ils avançoient toûjours, & que les plus infpirez tomboient par ter- re comme les autres, ils prirent la fuite eux - mêmes : les Re- belles fe défendirent quelque tems, à caufe de leur nombre, & de l'avantage du lieu ; mais, lorfque les Soldats eurent ga- gné la hauteur, & purent fe fervir de leurs épées, toute cet- te canaille lâcha le pied, & fe jetta à corps perdu dans les bois & dans les precipices, où il y avoit plus de peril à les fuivre, qu'il n'y en avoit eu à les com- battre : il y en eut environ trois cent de tuez fur la place ; une

H iij

cinquantaine de pris, & le reste se disperça dans les forests, & dans les montagnes voisines.

Cette action produisit, en partie, l'effet qu'on en avoit at-tendu : ceux qui avoient fait dessein de soûlever le Vivarez, en se joignant aux Fanatiques, furent intimidez par cette san-glante expedition ; & les moins fols des Faux-Prophetes, ou des Pretendans, ayant senti qu'ils n'étoient, ni invulnerables, ni imprenables, commencerent à se desabuser des foles opinions qu'on leur avoit mises dans l'es-prit.

On marcha droit, en même-tems, aux lieux où l'on fut averti qu'il y avoit encore des Assemblées ; les unes se dissipe-rent d'elles-mêmes, à la seule vuë des Troupes ; les autres les attendirent de pied ferme, &

ne voulurent jamais se separer,
qu'on n'euſt tiré deſſus ; lorſqu'on avoit mis par terre quelques-uns des plus mutins, pour
donner l'épouvante aux autres,
le reſte prenoit auſſi-toſt la
fuite, ſans qu'on ſe miſt en peine de les pourſuivre : rien n'é-
toit plus aiſé que de les paſſer
tous au fil de l'épée ; mais on
étoit bien-aiſe qu'ils allaſſent
eux-mêmes répandre dans le
païs la terreur des châtimens,
& l'on ſongeoit moins à les pu-
nir, qu'à les faire rentrer dans
leur devoir.

Il reſtoit encore dans le Vivarez une Aſſemblée de ſept
huit cent perſonnes, ſur un côteau appellé le Beſſet, ſitué auprés de Saint Genieys, & propre à eſtre inveſti de tous coſtez : M. de Folville y marcha
auſſi-toſt, & ſe ſaiſit de tous les

paſſages ; mais comme il ne vouloit plus répandre du ſang , il fit
dire à ces Seditieux de deputer
quelqu'un de leur Troupe pour
lui venir parler : il s'en détacha
un ſeulement ; ce Colonel lui
dit d'aller faire ſçavoir aux autres , qu'il leur pardonnoit tout
le paſſé de la part du Roy, pourveu qu'ils ſe retiraſſent inceſſamment dans leurs maiſons. Cet
Homme alla donner cette nouvelle à ſes Freres; c'eſt ainſi qu'il
les appelloit : mais il revint bien-
toſt ; & porta, pour toute ré-
ponſe, qu'ils n'en vouloient rien
. M. de Folville les envoya
re ſoliciter , & exhorter
accepter la grace qu'il leur
offroit ; & choiſit, pour cela ,
une Perſonne qui leur puſt eſtre
agreable ; ce fut un Notaire de
la Voute de Ventadour , appellé Raz, qui, à cauſe de ſa profeſ-

fion, étoit connu de la plûpart,
Il ne fut pas pluftoft à eux, qu'ils
fe prirent tous à crier : *Retire-toy*
de nous , Satan , tu ne nous tente-
ras point. Pour la troifiéme fois,
un Prevoft, nommé Raymond,
fut chargé de leur aller reiterer
les mêmes offres de pardon. Il
s'approcha d'eux, & deman-
da à leur parler : trois ou quatre
vinrent à lui ; mais c'étoit pour
l'affommer à coups de pierres,
s'il ne fe fuft promptement retiré. Enfin, on fut obligé de
faire tirer deffus : on commença par quelques petits détache-
mens, qui eurent encore ordre
d'en tuer un feulement , pour
voir fi les autres ne fuiroient
point : tout cela fut inutile, il
falut, malgré qu'on en euft, les
charger fans ménagement ; &
l'on ne put éviter d'en tuer
une centaine, quelque deffein
H v

qu'on eust de les épargner : on
en prit quelques-uns, & on laif-
fa aller les autres où ils voulurent fe retirer.

Tandis que M. de Folville dif-
fipoit les Atroupemens des Fanatiques & des Seditieux, par
des executions militaires, M. le
Comte de Broglie alloit dans
tous les lieux où fa prefence
étoit neceffaire, pour contenir
les Communautez, qui étoient
en branle de fe revolter. M. de
Bafville jugeoit, fans ceffe, les
Prifoniers qu'on lui amenoit de
tous coftez; & mélant la douceur à la feverité, pardonnoit
aux Imbeciles, puniffoit les Factieux, & ne faifoit châtier les
plus coupables, que pour faire
perdre aux autres l'envie de les
imiter.

D'un autre cofté, Monfieur
de Viviers, volant de Paroif-

fe en Paroiffe, confoloit les unes, des maux qu'elles avoient foufferts : exhortoit les autres, à éviter de pareils malheurs : détrompoit ces pauvres Peuples, des chimeres qui les avoient feduits ; & tantoft, arreftant la fureur des Soldats, ou fufpendant la rigueur des Jugemens, prefentoit à M. de Broglie, & à M. de Bafville, ceux qu'il avoit ramenez de leurs égaremens, & demandoit grace pour eux.

Outre les Atroupemens qui fe faifoient fur les Montagnes, il y en avoit encore dans les Maifons, où ceux qui n'ofoient fe produire en public, alloient fecretement joüer leurs rôles : Il arriva même, qu'un jour que M. le Comte de Broglie, & M. de Bafville étoient en chemin pour aller à Privas, ils eurent avis qu'il y avoit quel-

H vj

ques Faux-Prophetes dans un Hameau du village de Pour-cheres, qui étoit fur leur route : ils firent reconnoiftre le lieu par M. le Marquis de Vogué. On y trouva une Affemblée d'environ cinquante Fanatiques, qui, fe voyant découverts, fe mirent auffi-toft en défenfe. M. de Bro-glie, & M. de Bafville furent contraints d'y accourir avec leur fuite, & virent, de leurs propres yeux, ce qu'ils avoient fouvent oüi dire de la fureur & de la folie des Enthoufiaftes.

Celui qui prefidoit dans cet-te Affemblée, s'appelloit Paul Beraud ; & à caufe de fon nom paffoit, parmi ces Infenfez, pour l'Apoftre Saint Paul: Il fortit, comme un Poffedé, à la tefte de fes Gens, & chargea à coups de pierres tous ceux qui s'en approchérent. Sa fille, nommée

Sarra, qui étoit auſſi une inſi-
gne Propheteſſe , quoiqu'elle
n'eût que dix-huit ans , ſouffloit
comme une Furie , & crîoit,
Tartara ! de toute ſa force : Il
y eut un de ces Mutins qui tira
un coup de piſtolet, à bout touchant, ſur M. Heyraud Com-
miſſaire des Troupes , dont,
heureuſement , il ne fut point
bleſſé : les autres ſe défendirent quelque tems comme des
enragez ; mais enfin la Troupe
fole, ayant été vigoureuſement
attaquée , fut miſe en fuite. Ce
ridicule Saint Paul écumant de
rage , fut tué avec dix ou dou-
ze de ſes Diſciples ; la Propheteſſe fut bleſſée , priſe & conduite à Privas , où elle ſoûtint,
pendant trois jours , qu'elle
avoit reçu le Saint-Eſprit. Son
âge , ſon ſexe , & ſon imbeci-
lité, firent qu'on eut pitié d'el-

le : On la fit traiter ; & aprés qu'elle eut mangé & dormi fuffifamment, elle reconnut fon illufion ; avoüa que fon Pere l'a-voit feduite , & fut guerie de fa bleffure & de fa folie.

Aprés cette action, on n'en-tendit plus parler d'Atroupe-mens ni de Revoltes, les Peu-ples retournerent , avec con-fiance, dans leurs Maifons ; & les Paroiffes , qui avoient été infectées du Fanatifme , vin-rent, en foule, fe jetter aux pieds de ceux qui avoient appaifé ces defordres , demandant grace, & criant, *Mifericorde !* mais tout autrement qu'elles avoient fait ci-devant.

Monfieur le Comte de Bro-glie , & Monfieur de Bafville ne fe contenterent pas d'avoir cal-mé ces mouvemens , ils prirent de juftes mefures pour les empê-

cher à l'avenir, en établiffant
une levée de Milices Catholiques dans chaque Paroiffe, fui-
vant les forces de chacune, dont
Monfieur le Marquis de Vogué,
Monfieur le Marquis de la Tourrete, Monfieur le Marquis de
Chambonas, & Monfieur de Ba-
vas, furent élus Colonels, pour
ne marcher que dans le befoin ;
mais au premier ordre, afin de
pouvoir accabler en un moment
les Factieux, en cas qu'il reprift
envie aux Mal - intentionnez
d'exciter de nouveaux troubles.
Ils fe retirerent enfuite ; & parcequ'il reftoit encore dans les
Cevenes quelques étincelles de
l'embrafement qu'ils venoient
d'éteindre, ils y pafferent, afin
de ne rien laiffer à faire aprés
eux, de ce qui étoit neceffaire
pour le bien de la Province, &
le fervice du Roy.

Monsieur de Viviers, qui at-
tendoit, avec impatience, que
ces agitations fuſſent calmées,
pour aller cultiver les ſemences
de la vraie Foy qu'il avoit jet-
tées dans ce païs, n'y vit pas
pluſtoſt l'orage fini, qu'il re-
commença ſes travaux Apoſto-
liques ; & repreſentant, de lieu
en lieu, à ces pauvres Peuples,
la folie & la fureur de ceux de
leur Secte, qui leur avoient cau-
ſé tous les maux qu'ils avoient
foufferts, pour les avoir voulu
retenir dans le Schiſme, & débaucher du ſervice du Roy, par
des moyens impies & ſacrileges,
ſe ſervit de leur revolte paſſée,
pour les rendre meilleurs Sujets,
& plus zelez Catholiques.

Cependant, une choſe reſtoit
à faire : le Chef des Fanatiques
du Vivarez, le fameux Gabriel
Aſtier, qui avoit été l'Auteur

de tous ces defordres , étoit
encore impuni : il n'avoit été
trouvé , ni parmi les Morts , ni
parmi les Prifoniers ; on avoit
envoyé inutilement fon por-
trait de tous coftez : enfin , on
l'avoit fait chercher en vain ,
avec toute l'exactitude poffible , lorfque la Providence , qui
ne voulut pas permettre que
ce Seducteur fe dérobât au
fupplice qu'il avoit merité , le
livra entre les mains de fes
Juges , dans le tems qu'ils y
fongeoient le moins.

Un jour qu'on faifoit à Montpelier la revuë du Regiment
de Sceau , quelqu'un crut l'a-
voir reconnu : on n'ofa d'a-
bord s'affurer que ce fuft lui :
il le nia fortement : la reffem-
blance pouvoit faire équivo-
quer ; & la metamorphofe d'un
Prophete en Soldat , étoit une

chose qu'on avoit de la peine
à s'imaginer : aprés, pourtant,
qu'on l'eust tiré des rangs ; mis
en prison, & examiné, on vit
qu'on ne se trompoit point, &
il fut forcé lui-même de l'a-
voüer. On le conduisit à Bays,
où Monsieur de Basville alla
lui faire son procés ; & le se-
cond du mois d'Avril il fut
mené au gibet, dans le même
lieu où il avoit commencé de
soûlever les Peuples, qui eurent
la satisfaction de voir faire un
exemple de celui qui avoit été
la cause de leurs malheurs passez.

Ainsi finit le Fanatisme du
Vivarez : jamais revolte ne fut
plus prompte, plus violente,
plus dangereuse ; & ne fut ap-
paisée avec plus de diligence,
de sagesse & d'activité : dans
moins de quinze jours, plus de

vingt mille personnes s'étoient soûlevées : dans moins de huit, tout fut tranquile & hors d'état de pouvoir remuer à l'avenir.

Dans le même tems qu'on purgeoit ces deux Provinces des Fanatiques seditieux, nos Armées victorieuses sur nos Frontieres, & sur la Mer, faisoient perdre aux Protestans toutes les esperances que leurs Faux-Prophetes leur avoient données ; en sorte que, dans cette même année 1690, où ils s'attendoient à voir commencer la ruine du Papisme, & le rétablissemenr de leur Secte par les Victoires de la Ligue, ils virent au contraire la France par tout triomphante, & eurent la confusion de voir perir tout à la fois leurs Prophetes & leurs Propheties.

Des coups si accablans, & si peu attendus, rompirent toutes

les mesures des Calvinistes mécontens, qui avoient entrepris
de mettre le feu dans le cœur du
Royaume par les seductions de
leurs Enthousiastes.

Ce fut sur tout une desola-
tion pour l'Oracle de Rotterdam : il avoit predit, en 1688,
une délivrance prochaine : il
avoit dit, en termes exprés,
que cela tomberoit justement sur
l'an 1690 : il s'étoit mis en colere contre tous ceux qui vouloient lui donner un plus long
terme : il avoit inspiré aux Peuples le dessein de se la procurer
eux - mêmes : il avoit eu pour
Successeurs en Prophetie, tous
les Fanatiques du Dauphiné &
du Vivarez : il les avoit soûte-
nus contre tous les honnêtes
Gens de son parti ; enfin, il
avoit voulu risquer de passer
pour fol en 1685, dans la vuë

d'estre reconnu Prophete en 1690. Cependant, quelle mor.tification ! quel creve-cœur ı de voir arriver, aprés tout cela, le contraire de ce qu'il avoit pre.dit. Il est vrai, qu'à cet égard, on ne peut contester qu'il n'ait été veritablement Prophete : *En cas que je me sois trompé*, disoit-il, *le tems me prepare une assez grande mortification.* Voila la seule de ses Predictions qui ait été accomplie ; & je ne vois que cet endroit par où l'on puisse appeller son Livre, *l'Accomplissement des Propheties.*

Je dois dire ici, pour finir cette Histoire, que depuis que les évenemens ont fait voir à toute la Terre la fausseté de ses Predictions, & confondu les Projets des Fanatiques, le métier de Prophete a été si fort décrié dans le Parti, qu'il ne s'eft plus trouvé perfonne qui l'ait voulu exercer. Je ne croi pas même qu'il y ait des gens affez fols, pour attendre encore cette prochaine délivran. ce qui leur avoit été tant promife. L'année 1691, & celle que nous avons commencée, ne leur ont pas été plus heureufes que les precedentes : l'avenir eft en la main de Dieu; mais nous avons lieu d'efperer qu'il continüera à proteger la juftice de nôtre Caufe, jufqu'à ce qu'il lui plaife de nous donner une heureufe Paix, qui doit eftre l'objet des vœux & des prieres de tout le monde.

Fin du Fanatifme.

REFLEXIONS

SUR

L'HISTOIRE

DU FANATISME,

Depuis 1688, jusqu'en 1692.

QUAND on considere, *
que toutes les Predic-
tions des Fanatiques se
font trouvées fausses ; que ceux
qui les avoient suscitez, pour
exciter en France une Guerre
civile, ont été confondus dans
leurs desseins, & que presente-
ment il ne reste nulle part au-

* Premiere reflexion. L'œuvre des Fanatiques ne venoit point de Dieu.

cune trace de ce Fanatifme, qui s'étoit d'abord élevé avec tant de promptitude & de fureur, la premiere penfée, qui vient naturellement dans l'efprit de tout le monde, eft, *

que fi ce confeil, ou cette œuvre fuft venuë de Dieu, on n'auroit fçu la détruire; mais que, comme elle venoit des Hommes, elle s'eft détruite prefque d'elle-même.

Il eft, je m'affure, peu de Chreftiens qui ne fçachent fur quel endroit de l'Ecriture fainte eft fondée cette premiere Reflexion : mais je le rapporterai ici tout au long, pour mettre cette verité dans tout fon jour; & afin qu'on en puiffe faire une jufte application contre quelques Calviniftes, qui croyent encore que ces Enthoufiaftes

* Actes des Apoftres, Chap. 5.

étoient

étoient de vrais Prophetes.

Saint Pierre & les Apoſtres ayant fait pluſieurs Miracles, & prêché la Reſurrection de JESUS-CHRIST dans le Temple de Jeruſalem, toute la Ville fut en rumeur. Le Grand-Preſtre, & les Senateurs du Peuple, les firent empriſoner; aſſemblerent le Conſeil, & conſultoient enſemble pour les faire mourir.

Mais un Phariſien nommé Gamaliel, Docteur de la Loy, qui étoit honoré de tout le Peuple, ſe leva dans le Conſeil; & ayant commandé que l'on fiſt retirer les Apoſtres pour un peu de ţems, il dit à ceux qui étoient aſſemblez: O, Iſraëlites! prenez garde à ce que vous avez à faire touchant ſes Perſonnes: car il y a déja quelque tems qu'il s'éleva un certain Theodas, qui pretendoit eſ-

I

tre quelque chose de grand. Il y
eut environ quatre cens Hommes
qui s'attacherent à lui ; mais il
fut tué, & tous ceux qui avoient
crû en lui se dissiperent & furent
reduits à rien. Judas de Galilée
s'éleva ensuite, lorsque se fit le
dénombrement du Peuple, & il
attira à son parti beaucoup de
monde ; mais il perit aussi, &
tous ceux qui avoient crû en lui
furent dissipez.

C'est pourquoi, voici le conseil
que je vous donne : cessés de tour-
menter ces gens-là, & laissés-les
faire ; car si ce conseil, ou cette
œuvre vient des hommes, elle se
détruira. Que si elle vient de Dieu,
vous ne sçauriés la détruire, &
vous feriés même en danger de
combattre contre Dieu. Ils se rendirent à son avis.

Ne semble-t-il pas que, sous
les noms de Théodas & de Ju-

das de Galilée, on vient de lire en abregé l'hiftoire de Dufer-re, & de Gabriel Aftier ? Il eft certain, qu'ils avoient preten-du eftre quelque chofe de grand; puifqu'ils fe difoient Prophe-tes, & croyoient avoir la puif-fance de communiquer le Saint-Efprit : ils s'étoient élevez, & avoient attiré à leur parti beau-coup de monde. Cependant, il eft conftant auffi, qu'ils ont pe-ri ; & que tous ceux qui avoient crû en eux ont été diffipez, & reduits à rien : il eft donc jufte de tirer de leur projet détruit, la même confequence que Ga-maliel tira de la deffipation de ces anciens Herefiarques ; & il eft vrai de dire, que cette œu-vre ne venoit point de Dieu.

Il n'y eut, fans doute, jamais de confequence plus jufte à tirer que celle-là : Cependant, la pre-

vention est quelque chose de si
terrible, qu'il se trouve encore
des Calvinistes qui ne sont pas
de l'avis de Gamaliel, & qui
aiment mieux dire avec M. Jurieu : *Les Fanatiques du Dau-*
phiné & du Vivarez, peuvent
avoir été dissipez : leur œuvre
peut avoir été détruite & reduite
à rien : ils peuvent même être de-
venus des fripons ; mais ils ne
laissent pas d'avoir été Prophetes.

Quel aveuglement ! ils sçavent que ces Fanatiques-là ont
peri, toute la France en est
témoin : ils sont certains que
rien de ce qu'ils avoient prédit,
n'est arrivé ; l'evenement l'a fait
voir : Ils sont très-persuadez,
que les plus honnestes Gens de
leur parti, se sont moquez de
l'opiniâtreté affectée de leur
Ministre, à soûtenir qu'ils é-
toient inspirez du Saint-Esprit ;

c'eſt M. Jurieu, lui-même, qui
le leur dit dans ſes Lettres : tout
cela ne conclut rien contre-eux,
ils croyent toûjours fermement,
qu'il y avoit quelque choſe de
divin dans les ſonges, & dans
les viſions de ces Imbeciles; parceque tout ce qui flate leurs eſ-
perances, ſur le rétabliſſement
prochain de leur Religion, quelque fabuleux, abſurde & ridicule qu'il puiſſe eſtre, leur paroiſt auſſi certain, & auſſi vrai,
que s'ils l'avoient vu de leurs
propres yeux : mais leur Théodas & leur Judas de Galilée, ont
peri avec tous leurs Sectateurs;
n'importe, ils étoient quelque
choſe de grand : mais leur œuvre a été détruite & reduite à
rien ; n'importe, elle venoit de
Dieu : En verité, il n'y eut jamais une pareille foy en Iſraël;
& ſi je n'avois vu des Gens de ce

caractere, j'aurois de la peine à
croire qu'il y en euſt.

J'avouë que, quand on vient
à en rencontrer, d'abord on ne
peut s'empêcher de ſe mettre
en colere; parcequ'on s'imagi_
ne qu'ils agiſſent de mauvaiſe
foy, & qu'il y a de la malice
dans leur opiniâtreté: mais on
paſſe bien-toſt de la colere à la
compaſſion, quand on a penetré les veritables cauſes de cet
enteſtement.

C'eſt, d'un coſté, la foiblef_
ſe de leur eſprit, qui n'eſt pas
capable de faire un bon uſage
de leur peu de raiſon; & d'un
autre, l'amour demeſuré qu'ils
ont pour leur Religion, qui les
porte à croire avidement tout
ce qu'ils ſouhaitent: c'eſt, en un
mot, un zele aveugle, qui produit en eux, ſur tout ce qui
ſemble favoriſer leur parti, un

endurciffement, qui tiendroit encore bon aujourd'hui, contre tous les Miracles que Moïfe fit autrefois en Egipte.

Je dis la foibleffe de leur efprit; car on a remarqué, que, comme il n'y avoit que des Infenfez, ou des Gens que l'on avoit rendus tels, par les jeûnes exceflifs, qui croyoient eftre devenus Prophetes, il n'y a eu auffi que des Simples qui ayent ajoûté foy à leur infpiration: je ne parle pas ici de ceux qui, pour venir à bout de leurs deffeins feditieux, faifoient femblant d'eftre infpirez, ou tâchoient à perfuader que les autres l'étoient, quoiqu'ils ne le cruffent point.

Et je dis leur zele aveugle, car il eft certain, que dés qu'il s'agit d'une chofe, où ils s'imaginent que leur Religion eft

I iv

tant-soit-peu interessée, la raison n'est plus raison pour eux: la verité leur paroît un mensonge, & le mensonge une verité: Ils ajoûtent foy à des rêveries, aprés que le tems & les évenemens en ont fait voir la fausseté, & ils nient hardiment ce qu'ils voyent & ce qu'ils touchent ; enfin, ils veulent absolument ce qu'ils veulent.

Outre la foiblesse de leur esprit, & le zele aveugle qui les empêche de raisonner, il y a encore une chose qui les retient dans leur entestement ; c'est qu'ils s'imaginent, qu'il est glorieux pour leur Religion, que dans le tems que l'exercice public en a été défendu en France, Dieu ait suscité un grand nombre de Prophetes pour en predire le rétablissement ; & ainsi, ils ne peuvent se resoudre

à abandonner une erreur qui
leur plaît : au lieu , que s'ils
étoient un peu raisonnables, ils
verroient, avec les plus judicieux
des Proteſtans, qu'autant qu'il
eſt avantageux à une Religion
d'avoir de vrais Prophetes, autant lui eſt-il honteux de vouloir
faire paſſer pour tels des gens
qui ne le ſont point ; & bien
loin de s'applaudir , comme ils
font , de la foule qu'on leur en
produit , cette multitude , au
contraire , les jetteroit dans une
juſte défiance de leur inſpira-
tion ; puiſqu'il faut avoir perdu
le ſens, pour ſe perſuader que
Dieu, qui n'en ſuſcita autrefois
que quelques-uns, pour annoncer au monde le rétabliſſement
du genre humain, par la venuë
de Jesus-Christ, & encore
moins, pour prédire la délivrance de ſon Peuple de la ſervitude

I v

d'Egypte ; que Dieu, dis-je, en ait voulu de nos jours sufciter deux ou trois mille, pour annoncer aux Calvinistes le rétablissement de leurs exercices, & la délivrance prochaine de leurs Eglises.

On ne doit pas s'imaginer, qu'il y ait beaucoup de Protestans dans un entestement si prodigieux ; ils sont, sans doute, en trés-petit nombre. Les esprits de cette trempe sont assez rares; & j'avouë ici, que je ne suis pas assez hardi, pour entreprendre de les desabuser : tout ce qu'on peut faire, est, de prier Dieu pour eux ; encore ne faut-il pas qu'ils le sçachent, car peut-estre ils s'en fâcheroient, & nous diroient qu'ils n'en ont que faire.

* Aprés les preuves que j'ai

---

* Seconde reflexion. Le modéle du Fanatisme a été pris des Manichéens, des Anabaptistes, & des Gnostiques.

rapportées dans cette Hiftoire,
on ne fçauroit douter que les
plus honneftes gens , & les plus
éclairez des Calviniftes , n'ayent
d'abord regardé , comme nous ,
avec compaffion , la folie des
Fanatiques , & condamné l'enteftement affecté de M. Jurieu,
à foûtenir qu'ils étoient Prophétes ; mais , à préfent qu'ils ont
été diffipez , & que leur œuvre
a été détruite , je m'affure que
tous ceux de parmi eux , en qui
il refte tant-foit-peu de bon fens
& de bonne foy , demeurent
d'accord avec nous , qu'elle ne
venoit point de Dieu.

Il eft fi vrai , que cette œuvre
venoit des hommes , que l'on
fçait precifement de quels hommes elle eft venuë : ceux qui ont
lu l'hiftoire des Herefies du dernier fiecle , ont fans doute remarqué, en lifant celle de nos

204 *Reflexions sur l'Histoire*
Enthousiastes, que ceux qui firent dessein de les susciter, formerent leur plan sur le modéle du Fanatisme des Manichéens, des Anabaptistes & des Gnostiques : mais, afin que personne n'en puisse douter, voici ce que dit Valere Aurelien , Auteur Protestant, en parlant des Manichéens. * *Pour sembler être demi Dieux, & hors du rang des autres hommes, ils firent semblant d'être ravis en extase, & possedez d'un esprit qui les faisoit soudainement jetter en terre, en presence de tout un Peuple, & se tenoient longuement couchez sans dire mot, comme tous éperdus; puis, comme s'ils fussent sortis de quelque caverne profonde, se mettoient à prophetiser, en la même sorte qu'ont fait les seditieux Anabaptistes : Or, combien que quelques-uns de*

* Valere Aurelien l. 3 des Chroniq. p. 186.

ces Manichéens ayent joüé telles tragedies par feintife, & pour plus aifément abufer les fimples, il n'y a doute qu'aucuns d'eux, n'ayent été réellement & de fait poſſedez du Diable.

C'eſt precifement ce que faifoient tous les petits Prophétes & Prophéteſſes du Dauphiné & du Vivarez, ainfi qu'on l'a veu dans cette Hiſtoire ; & ceux même qui ofent encore foûtenir avec M. Jurieu, qu'ils étoient infpirez du Saint - Efprit, ne fçauroient le defavoüer. Il eſt donc inconteſtable, que ceux qui les avoient dreſſez, avoient pris leur modéle, fur ce qu'ils avoient lu dans cet Auteur : il n'eſt pas poſſible qu'une fi parfaite imitation vienne d'ailleurs. Aprés cela, n'eſt-ce pas un crime horrible, d'attribuer au S. Efprit, l'ouvrage artificieux de ces Imposteurs ; & peut-on se joüer, avec plus d'audace, de ce qu'il y a de plus saint & de plus sacré dans la Religion?

Nous trouvons encore dans Florimond de Remond, qui a fait l'Histoire de la naissance, des progrés, & de la décadence des Heresies , & qui cite Melancton & Leydan, Auteurs Protestans ; nous trouvons, dis-je, dans cet Historien , plusieurs choses, qui font voir clairement que ceux qui avoient suscité les Fanatiques, s'étoient attachez à imiter les Enthousiastes de ce temps-là : en voici quelques passages, qui suffiront pour le justifier.

* *Nicolas Stork , Precepteur de Muncer, faisoit entendre , dit Melancton, que Dieu par songes lui revelloit ce qu'il desiroit; sçavoir,*

*Florim. de Rem. h. des Her.c. 1,p.120,n. 3.

qu'un Ange communiquoit avec
lui ; que ſes Elus, ſous ſa conduite,
devoient commander à la terre ;
qu'il falloit purger l'Egliſe, &c,
* *Thomas Muncer* Preſtre renié,
Diſciple de *Carloſtad,* annonça au
Peuple par ſes prèches & par ſes
écrits, qu'il étoit inſpiré de Dieu
pour abolir la ſevere Religion du
Pape, & la libertine Sect̄e de
Luther, &c.

Souvent il feignoit entrer en meditation, comme s'il eût été ravi
en extaſe ; au reveil de laquelle
il comptoit merveilles de ſes viſions,
que ſon eſprit, veillant ſous le
voile de ce ſommeil, s'étoit fan-
taſtiqué, comme s'il venoit de parler à Dieu, &c.

† *Muncer,* ayant attendu en
bataille rangée, les Princes ar-
mez contre lui, il fut défait, &
ſes Troupes taillées en pieces. Ces

* n. 4. † pag. 122.

pauvres gens, dit *Leydan*, comme transportez d'entendement, ne se défendoient point, ni se mettoient en fuite pour se sauver ; mais chantoient une chanson que *Muncer* leur avoit appris, pour invoquer le S. Esprit, attendant, mais en vain, le secours du Ciel qu'il leur avoit promis.

* *Jean Mathieu d'Hollande*, arrivé à *Munster*, fit publier cette Ordonnance par le commandement de Dieu : que tous les Livres, hormis la Bible, fussent mis en monceaux à la place publique, & le feu dessous, &c.

Il envoya vingt-huit de ses Disciples, porter d'une main le salut au monde, & la malediction de l'autre. Aprés avoir un soir soupé avec eux, il leur distribua les lieux où il les avoit destinez : L'un d'entre-eux appellé *Kimperdoling*, ne

* pag. 128, num. 8.

foufflant qu'haleinées de fapience,
poußoit fon haleine dans la bouche
de ceux qu'il rencontroit, difant:
Reçois le S. Efprit. * *Ainfi fai-*
foit un vieux Heretique nommé
Marc, dit Irenée: la plûpart de
ces Difciples s'expoferent aux fup-
plices, pour le foûtien de leurs
folies, & il n'en retourna qu'un
devers leur Prophéte. Il en envoya
depuis en Hollande d'autres; fça-
voir, Jacques Campefius, & Jean
Mathias, qui fervirent beaucoup
à avancer l'Anabaptifme, qui a
jetté de profondes racines en ces
lieux-là: par tout ils exciterent
plufieurs troubles & feditions, mê-
me en la ville d'Amfterdam, où
trois de ces Evangeliftes, comme
ravis du S. Efprit, coururent les
ruës, criant: La Cité nouvelle
eft des Enfans de Dieu; amendés-
vous; faites penitence, &c.

* Iren. cap. 5, lib. 1.

* *Parceque le Seigneur a dit: ce que vous aurés oüi à l'oreille, annoncés-le sur les toits. Souvent ces sots montoient sur les couvertures des maisons, & sur les precipices des rochers, hauts & derrompus; & là, élevéz, crioient à pleine teste, & à cris redoublez, qui sortoient du plus profond de leurs estomachs, & les yeux renverséz par fois vers le Ciel: Mes Freres amendés-vous, le Seigneur vous le commande; faites penitence; laisséz vôtre peché; je suis envoyé de Dieu, &c.*

Il n'est pas necessaire que je fasse ici remarquer, la conformité qu'il y avoit, entre ce que faisoient ces Insensez, & ce qu'ont fait les Fanatiques de nôtre tems; il n'est personne qui ne la voye. Voila justement la maniere d'installer les Prophé-

* pag. 140.

tes, *en leur soufflant dans la bou-*
che : les mêmes paroles miste-
rieuses de l'installation, *reçois le*
Saint-Esprit. Voila leur sommeil,
leurs cris redoublez ; leurs attroupemens en des lieux élevez ;
les troubles , & les seditions
qu'ils excitoient ; & leur cons-
tance, ou plutost leur opiniâtreté enragée , à soûtenir dans
les supplices leurs sacrileges extravagances.

Ceux qui voudront prendre
la peine de lire les Historiens
Protestans, que je viens de citer, y verront encore une infinité de choses, que je rappor-
terois ici, si je ne craignois d'en-
nuyer le Lecteur. Ils y pourront
remarquer, outre les conformi-
tez qu'on a déja vuës, que ces
anciens Fanatiques, aussi-bien
que les modernes, pratiquoient
des jeûnes excessifs ; jusques-là,

* qu'une femme à Basle, per-
suadée par son Saint-Esprit,
qu'elle vivroit sans manger,
demeura neuf jours sans rien
prendre, & mourut le dixiéme :
qu'ils avoient une forte persuasion que rien ne leur pouvoit
nuire, † & qu'ils ne pouvoient
être ni blessez, ni pris : que
souvent leur folie étoit accom-
pagnée de debauches ; temoin
ce Marc, dont je viens de parler, qui s'attachoit particulierement à communiquer le don
de prophétie aux femmes, § *sur
tout à celles*, dit Florimond, *qui
étoient riches, bien mises & bien
faites* ; & dont *les Disciples*, dit
le même Auteur, *se servant des
mêmes artifices, corrompoient aussi
plusieurs femmelettes.*

Je dois encore remarquer ici,
que toutes les prédictions de
* Flor. de Rem. p. 142. † p. 144. § chap. 9.

ces anciens Fanatiques fe trouvoient fauffes, de même que
celles de nos petits Prophétes.
Combien de fois, dit l'Hiftorien,
*fe font-ils vus deçûs & trompez
de ce Saint - Efprit qui les affifte,
fans pourtant être faits plus fages
à leurs dépens ?* Muncer promettoit, *fans fe défendre, vaincre fes
Ennemis ; que les Anges & legions
viendroient à fon aide*, *& il perd
la bataille.* Leyden, *premier Roy
& fecond Prophéte*, *devoit être
Empereur du monde*, *& il eft dé-
poüillé par un Bourreau.* Melchior-
Osfan, *grand Docteur de la Secte*,
qui fe faifoit appeller Helie, *au
lieu de fortir glorieux de Strasbourg
avec fes quarante mille Difciples,
comme il avoit predit*, *fut mangé
de la vermine en prifon.* Plufieurs
autres *ont reçu promeffe de leur
pretendu Saint-Efprit, d'être deli-
vrez de leurs fers ; que le feu*

éteint par la pluye, qui descendroit
du Ciel dans les buchers embrasez,
les laisseroit libres, sans pouvoir
agir sur eux ; & cependant ils se
sont vûs brûler. Mille fois ils ont
predit le jour du Jugement, & l'ont
attendu, comme si le Christ devoit
ouvrir la voute du Ciel ; & ils ont
vu le Soleil continuer sa course
ordinaire. Un de leurs Prophetes,
mit un jour tellement cette impression en la teste des siens, qu'il les
fit demeurer une nuit sur des rochers, couverts d'un linceul, pour
marquer avec cette blancheur leur
innocence, attendant le matin la
venuë de Christ: ces pauvres sots, a-
vec soupirs & gemissemens, crioient,
Misericorde ! & tous honteux, furent contrains de se retirer, se voyant trompez & deçus.

Une jeune femme Anabaptiste,
mariée avec un Moine defroqué,
qui s'étoit rendu de sa Religion,

tous deux *fi pauvres , qu'ils n'a-*
voient pas du pain à manger ,
ayant la nuit eu revelation du S.
Efprit , qu'elle fit un feftin à toutes
fes Compagnes , avec promeffe que
rien ne lui manqueroit , elle en-
voya le matin à fon lever convier
à dîner toutes les femmes de fa con-
noiffance : Le bruit court par la
ville du convi de cette pauvre Ana-
baptifte , qui eftoit pourtant en bon-
ne reputation parmi les fiens ; car
fouvent elle faifoit du Docteur ,
lifant parmi elles la Bible : tout
le monde y court , pour voir ce que
ce feroit : les tables font dreffées par
emprunt : chacun s'affit felon fon
rang ; mais cependant on ne voit
nuls apprèts , ni vivres quelcon-
ques , ni feu , ni flame , en la mai-
fon : ayant longuement attendu ,
s'entre - regardant , leur Hofteffe
point eftonnée , les prie d'avoir pa-
tience , & qu'ils verront bien-toft

les Anges du Ciel porter vivres
à foison ; que cette nuit le S. Es-
prit, qui n'est pas menteur, lui a
revelé ce miracle ; que cette atten-
te est pour éprouver leur patience :
cependant levant les yeux & les
mains en haut, comme les faux
Prophetes de Baal, envoyés-nous,
disoit-elle, le pain du Ciel ; tu
nous as bien promis davantage,
à sçavoir, la vie éternelle : mais
ce fut en vain, car la nuit appro-
chant, la faim força ces Conviez
de se retirer chacun chez soy, en
se moquant de leur Hostesse, de son
Saint-Esprit, & encore de leur
simplicité & bètise.

Telles étoient à-peu-prés les
prédictions de nos petits Prophétes ; &, comme elles par-
toient du même esprit de mensonge, elles avoient aussi le même sort : en quoi nous devons
adorer la Providence, qui ne
voulut

voulut pas permettre qu'une
ſeule fût accomplie.

Tout le monde ſçait , qu'il
eſt aſſez ordinaire à ceux qui
font pluſieurs Prophéties , de
rencontrer en quelqu'une ; &
c'eſt pour cela que les Devins,
ou les Prêtres de la Diane &
de l'Apollon des Payens , diſoient vrai quelquefois : or ,
n'eſt-ce pas une choſe merveil-
leuſe, & qui ne peut être attri-
buée qu'à une juſte permiſſion
de Dieu, que, de tant de milliers de Gens, qui ſe diſoient
inſpirez du Saint-Eſprit, & qui
avoient fait plus de Predictions
qu'on ne compteroit d'Oracles
rendus dans l'Hiſtoire profane ,
on n'en puiſſe alleguer un ſeul,
qui ait dit une verité ſur l'avenir ?

Aprés ces reflexions, ſi l'on
veut encore prendre la peine

K

de se souvenir, que presque tous ces Fanatiques, aprés avoir été gueris de leur manie, avoüerent, que Duserre les avoit seduits, & dirent, comment il s'y étoit pris pour cela, il n'en faudra, sans doute, pas davantage pour persuader aux Personnes raisonnables, que ce projet venoit des Hommes, & qu'il avoit été formé pour soûlever les Mécontens des Calvinistes; & il n'y aura que les Simples, ou les Gens aveuglez par la passion, qui s'amuseront encore à soûtenir, qu'il y avoit en cela quelque chose de divin.

* Si tous les Gens de bon sens qu'il y a parmi les Calvinistes, sont aujourd'hui desabusez à l'égard de leurs Petits-Prophe-

---

* Troisiéme Reflexion. Faussete des Propheties de M. Jurieu, & de son dessein de soûlever les Mécontens.

tes, & de leurs Predictions, je ne fçaurois ici diffimuler, qu'il n'en eft pas de même à l'égard des Propheties de leur grand Oracle, M. Jurieu : je fçai qu'il y en a encore plufieurs qui s'attendent à voir eux - mêmes l'accompliffement des chofes qu'il leur a predites ; c'eft-à-dire, la ruine de ce qu'il appelle l'Empire Antichreftien, ou le Papifme, & la délivrance, ou le rétabliffement de leur Religion en France.

Je fçai, que, quoique le terme précifement marqué pour les évenemens qu'il a predits, foit expiré depuis long-tems, ces Perfonnes, un peu trop indulgentes en fa faveur, & un peu trop zelées pour leur Religion, ne laiffent pas de s'imaginer que leur Prophete peut s'eftre mécompté à fon calcul, de quel-

ques années; mais qu'il faut toûjours que ce qu'il a predit, arri-
ve neceſſairement.

Si ces Gens-là ne veulent per-
ſiſter dans cette credulité, que
pour demeurer attachez à leur
Religion, je leur declare ici,
qu'à cet égard, je ne ſonge nullement à les détromper; Dieu
ſeul les peut tirer de leurs preventions: mais parceque ſous le
pretexte ſpecieux du rétabliſſement de leur Religion, on leur
tend un piege adroit pour les
ſoliciter à la revolte contre les
Puiſſances que Dieu a établies
ſur eux; à cet égard ſeulement,
& leur Religion à part, je les
prie d'examiner, ſans paſſion,
& d'un eſprit tranquile, les reflexions que j'ai à faire ſur ce ſujet: je ne les fonderai que ſur des
faits qui ſont de leur connoiſſance, & ſur des principes que per-

fonne ne contefte ; & je m'affure que s'ils veulent eftre de bon,
ne foy, ils demeureront d'accord de deux chofes. La premiere, que toutes les Propheties qu'on a publiées dans leur
parti, depuis la revocation de
l'Edit de Nantes, font vifiblement fauffes, & reconnuës pour
telles par tous les honneftes
Gens, & les Perfonnes les plus
éclairées qui foient parmi eux.

Et la feconde, que toutes ces
Propheties font d'une nature
trés-propre à infpirer un efprit
de revolte à ceux qui font affez
credules pour y ajoûter foy, &
n'ont été faites que dans cette
vuë.

Pour eftre perfuadé, que les
Propheties de M. Jurieu, &
celles qui ont été faites depuis
quelques années en faveur de la
pretenduë Reforme, font fauffes;

Premierement , il suffiroit
d'avoir remarqué ce que j'ai dit
tant de fois , que le tems auquel
elles devoient avoir leur accompliſſement , eſt expiré : il faut eſtre extremement prevenu , pour
ne pas ſe rendre à une preuve ſi
convaincante , & fondée ſur
un fait qui ne peut eſtre conteſté. Or , ſi le Saint-Eſprit a inſpiré M. Jurieu, il ne peut s'eſtre
trompé , ni pour le tems , ni
pour les évenemens predits ; cependant, il eſt au moins déja
conſtant , qu'il s'eſt trompé à
l'egard du tems. Voila donc déja une fauſſeté ſenſible , certaine & eſſentielle dans ſes Prediction : il faut l'attribuer au Prophete ou au Saint-Eſprit ; il n'y
à pas de milieu : j'en laiſſe le
choix aux plus paſſionnez des
Calviniſtes.

Secondement, je prie le Lec-

teur de faire un peu d'attention
à ce que j'ai dit dans mon prémier Livre de l'Hiſtoire du Fanatiſme. On y voit que M. Jurieu a commencé à mettre en
vogue les Propheties dans ſon
parti ; qu'il a affecté de paſſer
lui-même pour Prophete : on y
voit les motifs qui l'y ont porté ;
le tems qu'il a choiſi ; la paſſion
qu'il a euë de trouver dans l'A-
pocalipſe la délivrance prochaine , qu'il veut predire de propos
déliberé , & qu'il va chercher
dans ce Livre divin , aprés ſe
l'eſtre miſe auparavant dans l'eſprit ; & la fin qu'il s'eſt propo-
ſée , d'inſpirer aux Calviniſtes
mécontens les deſſeins d'entreprendre de ſe la procurer eux-
mêmes.

Tout cela y eſt prouvé, par
ce qu'il dit lui-même , ſans rien
changer ni ajoûter à ſes expreſ-

fions. Je ne croi pas qu'on puiffe me demander une plus forte
preuve que fon propre aveu :
Habemus confitentem reum. Or,
qui ne voit en cela tous les ca-
racteres d'un Faux - Prophete,
qui veut perfuader aux autres,
qu'il eft infpiré du Saint-Efprit;
mais qui, dans le fonds, n'en croit
rien lui - même ?

En troifiéme lieu, c'eft encore un fait conftant, que les Perfonnes les plus éclairées qui font
parmi les Proteftans, ne fe contenterent pas de regarder, comme nous, avec compaffion, la
folie des Fanatiques ; mais auffi condamnerent generalement
tous les Faifeurs de Predictions
de nôtre tems, fans excepter
leur M. Jurieu ; & ce qu'il y a de
remarquable, c'eft qu'ils le condamnerent d'abord, & fans attendre que le tems & les evene-

mens les euſſent confondus : mais, pour m'acquitter ici de ce que j'ai promis, je dois montrer que ce fait eſt de la connoiſſance de tous les Calviniſtes.

Lorſque M. Jurieu donna au Public la premiere édition de ſon Livre, intitulé : *L'Accompliſſement des Propheties, ou la délivrance prochaine de l'Egliſe,* conſiderant qu'il alloit publier des Predictions qui devoient s'accomplir dans peu de tems, il voulut ſe precautionner contre le jugement qu'il previt bien qu'en feroient d'abord les gens de bon ſens de ſon parti : Et voici ce qu'il dit pour cela dans ſon *Avis à tous les Chrétiens : Je n'ai rien à dire pour la défenſe de ce Livre ; il faut qu'il coure la riſque de tous les autres ; qu'il ſoit abandonné au jugement du Public : riſque dautant plus grande, que*

K v

s'agissant de Propheties, personne ne se croit obligé de se rendre aux pensées de ceux qui se mêlent de les interpreter. On s'attend bien d'estre maltraité ; entre-autres, par les Esprits forts, qui se moquent de toutes les Propeties, & de ceux qui les interpretent. Ces Gens-là sont dans le voisinage de l'impieté, s'ils n'y sont déja plongez.

Cette precaution lui fut inutile ; les Gens sensez de son parti même, bien loin d'ajoûter foy à *sa prochaine délivrance*, furent scandalisez de sa hardiesse & de sa temerité : ils ne craignirent point de passer dans son esprit pour des Esprits forts & des Impies : ils l'accuserent d'avoir fait des avances temeraires : ils murmurerent fort haut, jusqu'à menacer de s'en plaindre, de ce qu'il avoit dit du regne de mille ans ; & trouverent mauvais qu'il

euſt oſé parler d'un ton ferme &
affirmatif, de choſes qu'on ne
devoit tout au plus propoſer,
que comme de fortes conjectures.

Cela eſt ſi vrai, que ce Miniſtre, dans la ſeconde édition de
ce Livre, fut obligé de faire une
addition à ſon Avis; & d'ajoûter, outre cela, un Chapitre
entier au ſecond Tome, pour
tâcher de ſe juſtifier des reproches qu'on lui avoit faits : En
voici la preuve, en faveur de
ceux qui n'ont pas ſon Livre.

Addition à l'Avis à tous les Chrétiens.

*VOila ce dont j'avois voulu
avertir le Public dans la
premiere édition : dans celle-ci, je

---

* Dans la ſeconde édition de l'accompliſſement des Prophet. à Rotterd. 1686.

me trouve obligé à lever deux scandales que j'ai sçu qu'on a pris au sujet de ce Livre. Premierement, il y a des Gens qui croyent que l'esperance que je donne de rétablissement dans peu d'années, peut beaucoup nuire, &c.

L'autre scandale que j'ai sçu qu'on a pris, c'est sur le regne de mille ans. Plusieurs Theologiens de ce païs-ci en ont murmuré fort haut, jusqu'à menacer de s'en plaindre : j'en suis fâché ; car je ne suis pas bien-aise de chagriner mes Freres. Cependant, je les attendrai là-dessus en patience ; & je sçaurai, en attendant, si c'est l'intention de nos Conducteurs, de faire de nouveaux Articles de Foy ; &c.

CHAPITRE XV.

JE finiſſois ici, dans la premiere édition de cet Ouvrage, ce que j'avois à dire ſur les évenemens paſſez & futurs, qui regardent la ruine de l'Empire Antichrétien. Les ſecondes éditions ont cela de commode, qu'on les peut accommoder aux goûts des Lecteurs dont on a fait épreuve : Et volontiers j'aurois mis en uſage cette prudence, s'il m'avoit été poſſible, à l'egard de la remarque, laquelle tant de gens ont faite ; c'eſt qu'on parle ici, d'un ton trop ferme & trop affirmatif, de choſes qu'on ne devoit, tout au plus, propoſer que comme de fortes conjectures. Peut-eſtre ſçaura-t-on, quelque jour, la principale raiſon, qui m'a fait parler d'une maniere ſi deciſive, & d'un air ſi perſuadé : mais, en attendant, je voudrois bien qu'on fiſt *attention à diverses choses que j'ai à dire, &c.*

Qui croiroit qu'un Auteur, qui, dans une premiere édition, tout fier des nouvelles découvertes qu'il pretendoit avoir faites dans l'Apocalipse, prononçoit déja anathême contre ceux qui n'en jugeroient pas favorablement, & les mettoit, par avance, au rang des esprits forts, & des impies ? Qui croiroit, dis-je, qu'un homme si orgueilleux, se seroit humilié dans une seconde édition, jusqu'à faire une reparation publique des scandales qu'il avoit donnez ; à témoigner qu'il étoit fâché d'avoir chagriné ses Freres, & à faire une espece d'amende-honorable de sa hardiesse à prophetiser ?

S'il m'est permis de dire ce que j'en pense, il ne nous dit

pas tout l'accueil que firent à
fon Livre, les Theologiens fes
Confreres ; il y a toutes les apparences du monde, qu'il en
fupprime les plus fortes circon-
ftances. Quand un Profeffeur
auffi prefomptueux que M. Jurieu, avoüe lui-même, *qu'on a*
pris deux fcandales fur le fujet de
fon Livre ; que plufieurs Theolo-
giens en ont murmuré fort haut,
jufqu'à menacer de s'en plaindre ;
que tant de gens ont remarqué
qu'il parle trop affirmativement :
En un mot, quand on voit que
dans une feconde édition, il
cherche des accommodemens
avec fes Lecteurs, on peut croire
hardiment, & fans crainte de
fe tromper, qu'il a été traité
de Vifionnaire & de Fanatique,
par les plus honnêtes-gens de
fon parti.

Du moins eft-il certain qu'ils

n'ont pas ajoûté foy à ses **Predictions** ; qu'ils les condamnerent dés qu'elles virent le jour,
& furent scandalisez de la hardiesse, & de la temerité de ce
nouveau Prophete : il n'est pas
possible de prouver un fait par
des preuves plus fortes que celles que je viens de rapporter,
elles sont de la connoissance de
tous les Calvinistes, c'est M. Jurieu qui nous les fournit ; & en
verité un Auteur en doit estre
crû sur sa parole, lorsqu'il dit,
lui-même, qu'on a esté scandalisé
de son Livre.

M. Heunischius, Ministre de
la Confession d'Ausbourg, fut
un peu mieux traité que M. Jurieu ; mais ne trouva pas plus
de creance sur l'esprit des Gens
sensez de son parti : cet Homme, entesté aussi des Propheties,
fit un Livre, il y a quelques an-

nées, où il croit avoir trouvé
toutes les revolutions de l'Allemagne fur la Religion, dans le
Cantique des Cantiques joint à
l'Apocalipfe ; & ne fait finir le
regne de l'Antechrift, que dans
trois fiecles d'ici.

Voici en quels termes parle
de cet Ecrit M. Banage, Auteur Proteftant, connu & efti-
mé de tous les Gens de Lettres,
& qui fe diftingue aujourd'hui
dans le parti, par fon zele, par
fon efprit, & par fon merite.

*En verité, l'on ne peut s'em-
pêcher d'avoir quelque regret, que
l'Auteur ait apperçu avec autant
d'évidence qu'il le dit, ces magni-
fiques promeffes dans un grand éloi-
nement. Il parle avec la même
affurance de fon Commentaire fur
l'Apocalipfe, dont il croit avoir*

* Hiftoire des Ouvrages des Sçavans,
mois de Juin 1688, article 9.

trouvé la clef ; & ne doute point
du tout, d'avoir penetré le fond de
ces abimes impenetrables, sur le
bord desquels de grands Hommes
ont crû qu'il faloit s'arrêter respectueusement.

Qui ne voit que M. Banage se
moque de cet Auteur & de ses
Propheties ? Il est vrai qu'il s'en
joüe finement ; mais, cependant, on n'en peut rien dire
de plus fort & de plus judicieux :
Car enfin, dire qu'un Homme
croit, avec assurance, avoir
trouvé la clef de l'Apocalipse,
& ne doute point du tout,
d'avoir penetré le fond de ces
abîmes impenetrables, n'est-ce
pas l'accuser visiblement de temerité & de vision ? Ainsi, il est
clair que le sentiment de M. Banage, sur les Propheties de M.
Heunischius, est, au fonds, le
même que celui des Theolo-

giens Proteftans fur celles de M.
Jurieu.

Voila donc trois faits, ou trois
veritez inconteftables, & qui
font à prefent de la connoiffance de tous les Calviniftes.

La premiere, que ces deux Miniftres fe vantent d'avoir trouvé la clef de l'Apocalipfe, &
fondent là-deffus leurs Predictions; & que les Gens de bon
fens, de leur propre parti, les
traitent, l'un & l'autre, de temeraires & de prefomptueux.

La feconde, que ceux qui portent ce jugement, fur les Predictions de ces deux Miniftres, ne
font pas en petit nombre, ni
des Gens du commun : *Plufieurs*
Theologiens, & tant de gens ; ces
termes, qui font de M. Jurieu,
fignifient affurement un trés-
grand nombre de Perfonnes, &
de Perfonnes de fçavoir.

Et la troisiéme, que ce grand nombre de Gens, & de Gens choisis, porterent ce jugement dés que les Ecrits prophetiques de ces deux Ministres furent mis au jour, & n'attendirent pas les évenemens pour rejetter leurs Predictions.

Je laisse maintenant à juger à ceux des Calvinistes qui sont un peu sensez, & qui ne se laissent point aveugler à la prevention, s'il n'est pas beaucoup plus sûr de dire avec les plus éclairez de leur parti: Dieu seul connoît l'avenir ; c'est une temerité d'as-surer qu'on a trouvé la clef de l'Apocalipse, & de promettre avec certitude une délivrance prochaine, fondée sur les Ora-cles de ce Livre divin. On doit s'arrêter respectueusement sur les bords de ces abîmes impene-trables ; s'il n'est pas, dis-je,

beaucoup plus sûr de parler ainsi, que de dire avec M. Jurieu :
* *J'annonce à tous les Chrétiens l'accomplissement des Propheties, & la délivrance prochaine de la pretenduë Reformée ; je l'ai trouvée dans l'Apocalipse ; les Propheties ne sont pas impenetrables à tous les Hommes ; Dieu a voulu que, jusqu'à moy, on n'ait pas été heureux en conjectures : J'ai consulté la Verité éternelle, elle m'a répondu : Je suis assuré que Dieu m'a exaucé dans l'endroit que personne n'avoit encore entendu, & qui est la clef de tout le Livre. Il est tems d'ouvrir les yeux aux Rois & aux Peuples de la Terre : Le Papisme doit commencer à tomber dans quatre ou cinq ans : La Reforme se relevera en France dans peu d'années, ensuite elle sera établie par*

* Ce font les termes de M. Jurieu, tirez de divers endroits de son Livre.

autorité Royale : *La France renon-*
cera au Papifme, & le Royaume
fe convertira : Plufieurs Perfonnes
encore vivantes, indubitablement
le verront ; car je croi la chofe fort
prochaine. Je confens fort volontiers
que dans l'efprit de mes Lecteurs,
cela paffe feulement pour des con-
jectures, pourveu qu'on me donne
la liberté de croire ce que je voi, ou
que je croi voir dans les Ecrits des
Prophetes. On m'accufe d'entefte-
ment & de temerité ; mais laiffons
faire la Providence, elle fera voir
de quel côté eft la temerité & l'en-
teftement.

> *Quid dignum tanto feret hic*
> *Promiffor hiatu ?*
> *Parturient montes, nafcetur ri-*
> *diculus mus.*

En verité, je ne fçaurois m'empêcher de croire que les Gens
les plus zelez pour le Calvinifme,
quelque bonne opinion qu'ils

ayent de ce Miniſtre, n'aiment mieux tenir le premier langage, que ce dernier ; ſur tout, à preſent, que le tems & les évenemens ont fait voir avec évidence, de quel côté étoit la temerité & l'enteſtement.

Je ne doute pas même, que M. Jurieu ne ſe ſoit déja repenti d'avoir fait des avances temeraires, & n'ait eu la mortification qu'il avoit prevuë. Il eſt vrai, comme j'ai dit aſſez ſouvent, qu'il n'eſtoit nullement perſuadé lui-même de ce qu'il vouloit faire croire aux autres ; & tout le monde en conviendra, ſi, outre ce que j'en ai déja dit, on veut encore une fois bien peſer les expreſſions de cet endroit de ſon Livre, que j'ai cité dans le corps de cet Ouvrage : *Peut-eſtre ſçaura-t-on quelque jour la principale raiſon qui m'a fait par-*

ler *d'une maniere si decisive, &*
d'un air si persuadé. Je ne sçai si
cette maniere de s'exprimer fait
sur l'esprit des autres la même
impression que sur le mien ; mais
je sens là-dedans, & sous ces termes, un Homme qui ne dit pas
ce qu'il pense. Quand on est
bien persuadé de quelque chose,
il me semble, que pour exprimer
cette persuasion, il n'est pas naturel de dire : *J'ai une raison qui*
me fait parler d'un air persuadé.
Cette *raison*, avec cet *air per-*
suadé, marquent plustost l'apparence & l'exterieur, que la verité & le fond du cœur. Un Ac-
teur de Theatre peut dire : J'ai
des raisons qui me font parler
d'un air persuadé ; mais il est
hors d'exemple, qu'un Homme,
qui a dans le cœur ce qu'il a sur
la bouche, ait jamais parlé ainsi.
S'il est donc vrai, comme on
n'en

n'en fçauroit douter, que M. Jurieu fe foit travefti en Prophete, pour faire donner les Simples dans le panneau : S'il eft
vrai, qu'en habile Comedien,
il ait feulement parlé d'un air
perfuadé, pour infpirer aux autres ce qu'il ne fentoit pas lui-
même, quel fentiment peut-ou
avoir de fes Propheties ? Faut-
il s'étonner que les honneftes
Gens de fon parti, bien loin d'y
ajoûter foy, en ayent été fcandalifez ? Et peut-on, fans un enteftement ridicule, fe figurer encore qu'elles doivent eftre ac-
complies ?

* Aprés avoir montré, que
les Propheties de M. Jurieu font
vifiblement fauffes, & reconnuës pour telles par les Perfon-

---

* Quatriéme Reflexioñ. Les Propheties
des M. Jurieu font propres à infpirer la revolte, & c'étoit fon deffein.

L

nes les plus éclairées de son parti, je dois maintenant faire voir
qu'elles sont trés-propres à porter à la revolte ceux qui y ajoûtent foy.

Comme j'ai eu pour une des
principales preuves de leur fauf-
seté, les évenemens qui les ont
confonduës; j'ai auffi pour preuve de ce que je viens d'avancer,
les feditions & les revoltes qu'on
a vuës dans le Dauphiné & dans
le Vivarez, qui ne venoient,
ainfi que tout le monde a fçu,
& que les Rebelles eux - mêmes
l'ont avoüé, que de la fole per-
fuafion où ils étoient, que les
Predictions de la chute du Papifme, & du rétabliffement de
leur Secte, devoient eftre ac-
complies.

Quand les Rebelles ne l'auroient pas avoüé, M. Jurieu nous
avoit appris lui-même par avan-

ce à ne chercher point d'autre
caufe du foûlevement de ces
Provinces.

Il eft certain, difoit - il, *que
fouvent les Propheties fuppofées ou
veritables, ont infpiré à ceux pour
qui elles avoient été faites, les deffeins d'entreprendre les chofes qui
leur étoient promifes.*

Cela eft fans doute trés-vrai,
& les évenemens ne l'ont que
trop juftifié. Ce Miniftre promettoit aux Calviniftes la chute
du Papifme, & la prochaine délivrance de leur Eglife : il leur
promettoit ces chofes de la part
de Dieu, en leur difant qu'elles
étoient contenuës dans les Oracles de l'Apocalipfe. Il n'étoit
donc pas poffible que ces Propheties n'infpiraffent à ceux
pour qui elles étoient faites, les
deffeins d'entreprendre les chofes qui leur étoient promifes;

parcequ'il n'est rien de plus fort sur l'esprit des Hommes, que la Religion; & que tout paroît permis, quand on croit fermement que Dieu est de la partie, & qu'on ne fait qu'executer ses ordres.

Ceux qui sçavent à quel usage les habiles Grecs & Romains mettoient leurs Oracles; leurs Devins; leurs Augures, & ceux de leurs Prestres, qu'ils appelloient *Haruspices*, *Feciales*, *Prepetes* & *Oscines*, dont les fonctions consistoient à predire la volonté des Dieux, lorsqu'on déliberoit de quelque affaire importante; les uns, en observant les entrailles des victimes; les autres, le chant, le vol, ou les divers mouvemens de certains oiseaux; ceux, dis-je, qui sçavent de quel usage étoient autrefois ces choses, n'ignorent point que les Gens de bon fens n'y ajoûtoient aucune foy, & ne s'en fervoient que pour infpirer aux Peuples & aux Soldats, les defleins d'entreprendre ce qu'ils leur promettoient de la part de leurs Dieux : mais qui, dans le fonds, n'étoit que ce qu'ils avoient eux - mêmes refolu de faire, avant que de confulter leurs Oracles.

Voila juftement les Propheties fuppofées, & l'air perfuadé de M. Jurieu. Il voit tomber en France la pretenduë Reforme, dont il a été un des principaux Défenfeurs : il confidere que les cris des Fugitifs, répandus dans toutes les Cours de l'Europe, commencent à réveiller les jaloufies des Envieux de la grandeur du Roy : il prevoit qu'une Ligue formidable va fe former ; qu'un Prince Proteftant, auffi fin Politique, que courageux Capitaine, est prest à monter sur le Trône de l'Angleterre, & à se mettre à la teste de nos Ennemis : il ne doute point, que, si la Ligue est victorieuse, sa Secte ne soit rétablie. Pour lui procurer cette victoire, il trouve qu'il est à propos de soûlever les Calvinistes mécontens, & il resout de le faire : mais, afin d'y reussir, il a recours aux Oracles, à l'imitation des Payens : *Je veux avoüer de bonne foy*, dit-il, *que j'ai abordé ces divins Oracles, plein de mes prejugez.* Le voila devant les Oracles. Voici la consultation.

Aprés avoir consulté, ajoute-t-il, *cent & cent fois la Verité éternelle*. Il ne manque ici que la réponse ; la voici : *Enfin elle m'a répondu*. Et il feint ensuite que la réponse de ces Oracles porte,

que le Papifme tombera bien-
toft, & que la délivrance de fon
Eglife eft prochaine. Qu'arrive-
t.il de tout cela ? Ce qui arri-
voit autrefois : les habiles Gens
s'en moquent, les Simples fe laiffent duper, & il leur infpire ainfi
adroitement, les deffeins d'entreprendre eux-mêmes les chofes qu'il leur promet de la part
de Dieu, mais qui, dans le fonds,
ne font autres que celles qu'il a
refolu de faire avant que de confulter fes Oracles.

Il eft donc plus clair que le
jour, que les Propheties de M.
Jurieu font trés-propres à infpirer la revolte : mais on voit en
même-tems, par ce que je viens
de dire, qu'elles n'avoient été
faites que pour cela. Si l'on veut
prendre la peine de fe fouvenir
de ce que j'ai déja dit dans le
premier Livre de l'Hiftoire du

L iv

Fanatisme , on n'en doutera
point : cependant , pour rendre
cette verité plus sensible , je prie
le Lecteur de remarquer, que ce
Ministre artificieux n'oublie rien
pour reussir dans son Projet.

La premiere difficulté que
rencontrent pour se soûlever ,
ceux à qui l'on en a inspiré le
dessein , est de pouvoir faire des
attroupemens , parcequ'ils sont
défendus : pour leur faire sur-
monter ce premier obstacle , il
appelle encore la Religion à son
secours ; & sçachant la forte paf-
sion que les Calvinistes ont pour
leurs exercices publics , dans le
même-tems qu'il publie par tout
les fausses Propheties, il ne manque point de répandre aussi de
tous côtez , des Lettres , qu'il
appelle *Pastorales* , par lesquel-
les il les exhorte efficacement à
faire des Assemblées , malgré les

défenfes que le Roy en a faites
fur peine de la vie.

Ceux qui ont été affez fols,
pour ajoûter foy à fes Propheties, & affez faciles pour fe laiffer perfuader qu'ils fe peuvent
affembler malgré les défenfes,
font encore retenus par une autre difficulté : ils prevoyent qu'il
leur eft impoffible de s'attrou-
per fans eftre découverts ; & par
confequent, fans encourir les
peines portées par la défenfe,
ou fans eftre obligez de recou-
rir aux armes pour s'en garantir ; & les Loix du Chriftianifme, la Pratique des Chreftiens,
& les Maximes mêmes de la
pretenduë Reforme, le leur dé-
fendent.

M. Jurieu va encore au-devant de cette difficulté. Rien ne
l'arrefte ; & fans confiderer que
la Religion de JESUS-CHRIST

L v

ne prêche * qu'obeïffance & foumiffion aux Puiffances, aux Rois que Dieu a établis fur nous, quoiqu'infideles ou heretiques, & lors même qu'ils font rudes & fâcheux : oubliant, que les Chreftiens des premiers fiecles, fous les plus cruelles perfecutions des Empereurs Payens & Arriens, ne fe font jamais dé-partis de cette obeïffance, dans les tems mêmes, qu'à caufe de leur grand nombre, des poftes qu'ils occupoient, & des guerres que leurs Perfecuteurs avoient à foûtenir, ils auroient pu fe fai-re craindre; ne fe fouvenant plus même, que la pretenduë Reforme avoit dit autrefois, par la bouche de Melancton, † *Qu'il*

* Aux Rom. c. 13. S. Pierre, c. 2, v. 13. Aux Heb. c. 13, v. 17. 1 Epift. de S. Pierre, c. 11, v. 13. Tertul. Apol. 37, 43. Cyp. ad Demet. † Melanct. l. 4, Ep. 36. Hift. de Beze, l. 6. Inftitut. de Calvin, Ep. à François I. Luther, dans un de fes Sermons.

vaut mieux ſouffrir toutes ſortes d'extremitez, que de prendre les armes pour les affaires de l'Evangile, & d'exciter des guerres civiles; & que tout bon Chreſtien, tout Homme de bien, doit empêcher les Ligues: Ce Miniſtre, dis-je, foulant aux pieds les Loix du Chriſtianiſme, la Pratique des Chreſtiens, & les Maximes de ſes Reformateurs, ſoûtient hardiment dans ſes Lettres, * qu'il eſt permis à des Sujets de prendre les armes contre leur Roy, & de faire la guerre à leur Prince & à leur Patrie, pour maintenir leur Religion.

Ce qu'il y a de plus étonnant, c'eſt que M. Jurieu avoit dit lui-même dans l'Apologie de la pretenduë Reforme, en parlant des guerres civiles, & de l'effuſion du ſang qui les accompagne: †

* Lettre 9. † 1. part. c. 15, p. 453.

L vj

L'esprit du Christianisme ne souffre point cela : Et cependant aprés, ne se contente pas de le souffrir ; mais il y exhorte, & il en fait un principe, qui renverse non-seulement tout Droit divin & humain, mais encore celui de la pretenduë Reforme, & le sien propre.

Il ne faut maintenant que joindre toutes ces choses ensemble. 1°, Des Propheties fausses & reconnuës pour telles par les plus éclairez de son parti. 2°, Des Propheties qui promettent, de la part de Dieu, la chute du Papisme, & une délivrance prochaine à des Mécontens, *qui*, selon M. Jurieu, * *ont la fureur & la rage dans le cœur, & qui sont prests à se relever le plustost qu'ils pourront, & par toutes sortes de voyes.*

* Avis aux Chrestiens ; p. 20 & 21

3°, Des Lettres Paftorales, qui exhortent ces Mécontens à s'affembler, malgré les défenfes du Roy.

4°, D'autres Lettres, dans le même tems auffi, qui leur enfeignent, qu'il eft permis de prendre les armes contre leur Souverain, & contre leur Patrie. En confcience, ne fontce pas autant de bouches qui foufflent de tous côtez la rebellion ?

Enfin, fi l'on veut encore ajoûter à cela les reflexions que j'ai déja faites fur ces deux paffages de fon Livre Prophetique, dont l'un dit, *peut-eftre fçaurat-on, quelque jour, la principale raifon qui m'a fait parler d'une maniere fi decifive, & d'un air fi perfuadé* : Et l'autre, *il eft certain que fouvent les Propheties fuppofées ou veritables, ont infpiré à*

ceux pour qui elles avoient été faites, les desseins d'entreprendre les
choses qui leur étoient promises. En
verité, il n'est pas possible, que
les meilleurs Amis de M. Jurieu,
n'avoüent eux-mêmes, qu'il n'a
publié ses Predictions sur l'Apocalipse, que dans le dessein de
soûlever en France les Calvinistes mécontens; afin que la Ligue, qui se formoit alors, trouvant ce Royaume divisé contre
lui-même, le renversât plus facilement de fonds en comble,
& que les Calvinistes vissent rétablir leur Religion sur les rui-
nes de leur Patrie.

Qu'on compte maintenant,
si l'on peut, tous les crimes, &
tous les attentats qui se rencontrent dans un si execrable projet : artifices, suppositions, &
impostures pour seduire les Simples; profanation de l'Ecriture

fainte, & de fes facrez Oracles ; impietez & blafphêmes contre le Saint-Efprit ; violement des plus faintes Loix du Chriftianifme ; renverfement des principes de la Morale de JESUS-CHRIST ; mépris de la pratique conftante de l'Eglife , & des exemples des Martirs ; oubli de fes propres maximes ; preceptes de revolte contre les Puiffances que Dieu a établies ; exhortations à des Sujets, à des Chreftiens, à des François, de prendre les armes , & de fe joindre à ceux qui ont conjuré la ruine de leur Patrie : fouhaits horribles qui les portent à faire , pour la défaite de nos Armées, le faccagement de ce Royaume, la defolation de nos Provinces , l'embrafement de nos Villes, l'effufion du fang, & les meurtres de leurs Concitoyens, de leurs Amis, &

de leurs Parens. Enfin, pour
toutes les inhumanitez, & les
barbaries, qu'une guerre civile
& intestine auroit pu ajoûter à
la plus furieuse, & à la plus san-
glante guerre étrangere qu'on
eust jamais vuë.

Tantùm Religio potuit suadere
malorum.

Voila, dire les choses comme elles sont ; ce que renfer-
ment les fausses Propheties de
M. Jurieu, & à quoi aboutissent
les Ecrits seditieux de ce celebre
Défenseur du Calvinisme, qui,
pour faire rétablir en France,
l'exercice public de sa Religion,
inspire aux siens plus de fureurs,
& leur conseille plus de cruau-
tez, que le barbare Mahomet
n'en fit commettre autrefois,
pour l'établissement de son Al-
coran.

J'ai promis dans mon Aver-

tiſſement de ne point parler de
Controverſe dans cet Ouvrage,
afin que ceux qui évitent ces
ſortes de lectures, le puſſent lire ; ce n'eſt pas mon deſſein d'en
parler auſſi : mais il peut bien
m'eſtre permis de faire des vœux
pour ceux qui ne veulent rien
examiner. En verité, il ſeroit
déja tems, que ceux de nos
Freres, qui ſe ſont reünis exterieurement à nous, & qui ont
fait le pas qui coûte le plus à la
prevention & à l'amour propre,
commençaſſent à ſe deſabuſer
tout-à-fait, & ne pretaſſent
plus l'oreille à des Docteurs,
qui non contens de les retenir
dans leur malheureuſe ſeparation de l'Egliſe, voudroient auſſi les ſeparer des intereſts de
l'Eſtat, & les faire renoncer à
l'amour de la Patrie.

Attendent-ils encore l'ac-

compliffement des promeffes de'
leurs Prophetes? Mais les fata-
les années ont paffé, & Dieu
continuë à proteger la juftice
de nos armes par les Victoires
qu'il nous fait remporter tous
les jours fur nos Ennemis.

Veulent-ils par des Propheties faites exprés pour eux, fe
laiffer infpirer les deffeins d'entreprendre les chofes qui leur
ont été promifes; c'eft-à-dire,
fe revolter contre leur Roy?
Mais, la feule penfée de ce crime fait horreur aux honneftes
Gens du parti, qui fçavent,
qu'on ne le peut, fans renver-
fer la Morale Chreftienne, &
M. Jurieu n'a pu encore le perfuader qu'à des Simples, ou à
des Scelerats.

Craignent-ils de ne pouvoir
pas faire leur falut parmi nous,
& d'y trouver les fuperftitions

& les idolatries dont on leur fait peur ? Mais, aprés tous les éclairciffemens qui leur ont été donnez, ils devroient nous en croire, quand nous leur proteftons que nous ne fommes, ni fuperftitieux, ni idolatres ; que nous fommes Chreftiens ; que nous adorons un feul Dieu, & que nous lui demandons tout au nom, & par le merité infini de nôtre Seigneur JESUS-CHRIST.

Trouvent-ils dans le dehors de nos Mifteres, & dans la celebration de la fainte Meffe, des chofes qui leur font de la peine, parcequ'on les a accoûtumez à nous condamner peu charitablement, fur des apparences trompeufes ? Mais il eft bien certain, qu'ils n'en auront pas pluftoft penetré le fonds, qu'ils n'y trouveront que JE-

sus-CHRIST crucifié & mort
pour nous, l'application de fon
merite, & la commemoration
de fes fouffrances.

Voyent-ils dans l'exterieur
de nôtre culte, des Ceremo-
nies qui les furprennent, parcequ'ils n'y font pas accoûtumez? Mais, ne leur devroit-il
point fuffire, que leurs Miniftres mêmes avoüent, qu'avant
Luther & Calvin, on fervoit
ainfi Dieu dans toute l'Eglife
Chreftienne, depuis plus de
treize fiecles.

Sont-ils fcandalifez de voir
parmi nous des Gens, qui
étant incapables de profiter
des inftructions qu'on leur
donne, s'amufent à des devo-
tions peu decentes au Chriftianifme? Nous en fommes
fcandalifez auffi-bien qu'eux:
qu'ils nous viennent aider à

les inſtruire ; &, ſans s'arreſter
aux abus qui ſe gliſſent, malgré qu'on en ait, dans toutes
les Societez humaines, par la
foibleſſe de nôtre nature, qu'ils
s'attachent ſeulement à ce qu'e-
xigent d'eux les Conciles, &
les Actes autentiques de l'E-
gliſe, & ils ne trouveront rien
que d'ortodoxe & d'évangeli-
que dans nôtre pratique, &
dans nôtre croyance.

Sont-ils plus Gens de bien
que nous ? Ont-ils plus d'amour
pour Dieu, & plus de charité
pour le Prochain ? Que ne vien-
nent-ils, par leurs bons exemples, nous apprendre à mieux
vivre que nous ne faiſons ? Nous
leur en ſçaurons bon gré. Nous
les en ſupplions de tout nôtre
cœur : nous voulons tous nous
ſauver. Quelques differens qui
nous ſeparent, nous avons tous

dans le fonds, reçu le même Baptême : nous adorons tous le même Dieu, Pere, Fils, & Saint-Esprit : nous avons tous reçu le même Evangile : nous avons tous la même Confession de Foy Apostolique, & de Nicée : nous avons tous les mêmes Commandemens divins : nous sommes tous sujets à la même mort : nous attendons tous la même resurrection, le même jugement dernier, & le même Juge : nous voulons tous éviter le même Enfer, & nous soûpirons tous aprés le même Ciel : Pourquoi disputons - nous ? nous sommes Freres. * Nous ne sommes ni de Paul, ni d'Appollos, ni de Cephas ; nous sommes tous de JESUS-CHRIST : nous ne sommes proprement, ni Calvinistes, comme nous les

Ep. aux Corinth. c. 1.

appellons ; ni Papiftes, comme ils nous appellent ; nous fommes tous Chreftiens : les Papes, ni Calvin n'ont pas été crucifiez pour nous, c'eft JESUS-CHRIST. Si nous voulons eftre veritablement de fes Difciples, aimons-nous, comme il nous a aimez ; imitons fa douceur, fa debonnaireté, fa patience : au lieu de nous déchirer par de vaines difputes, qui ne produifent qu'aigreurs & animofitez, fupportons-nous pour l'amour de lui, charitablement les uns les autres. Il n'eft point de prevention qui puiffe empêcher ceux de nos Freres qui ont abjuré le Schifme, de reconnoître que nous avons au moins les fondemens du falut : cela étant, pluftoft que de faire un nouveau Schifme, que ne tolerent-ils tout le refte, en attendant qu'il

plaise à Dieu de les éclairer ?
Nous avons tous besoin d'une
charitable tolerance : nous sommes tous sujets aux mêmes foiblesses, aux mêmes infirmitez,
aux mêmes passions : nous to-
lererons en eux ce qu'il y aura
encore de foible dans leur Foy ;
ils tolereront en nous les choses dont ils ne pourront pas encore demeurer d'accord.

Nous ne sommes point par-
faits ; & tandis que nous serons
sur la terre les uns & les autres,
quoique nous fassions, nous ne
pourrons éviter, que nous ne
nous ressentions de la fragilité
de nôtre nature : il y aura toûjours des relâchemens dans nôtre pieté, & des imperfections
dans nôtre Foy. Il faut estre
dans l'Eglise de JESUS-CHRIST
pour estre sauvé : mais il est
bien certain, que ce seront
nos

nos pechez qui nous damneront
pluftot que nos erreurs, pourveu qu'elles ne détruifent point
les fondemens du falut. Nous
fommes affez fçavans; nous ne
fommes pas affez charitables.
Pourquoi tant de conteftations
fur la croyance, & fi peu d'attachement pour la pratique de
la charité ? * *Quand nous aurions
le don de Prophetie ; que nous pe-
netrerions tous les Mifteres ; que
nous aurions une parfaite fcience
de toutes chofes, & que nous aurions toute la Foy poffible, & capable de tranfporter les montagnes, fi nous n'avons point la
charité, nous ne fommes rien.* Le
Juge fouverain que nous attendons, ne dira pas aux Bons au
dernier jour : † *Venés, les Be-
nits de mon Pére,* parceque je
vous ai fait enfeigner une Re-

* 1. Ep. aux Cor. c. 13. † S. Matth. c. 25.

M

ligion , & que vous n'avés er-
ré fur aucun point de fa doctrine : mais il leur dira : *Venés,*
parceque j'ai eu faim , & vous
m'avés donné à manger ; j'ai eu
foif , & vous m'avés donné à
boire.

Il faut neceffairement croire
en JESUS-CHRIST, & eftre
dans fon Eglife , pour avoir part
au falut ; mais la charité jugera
le monde , & le Schifme la détruit entierement. * *La charité*
eft patiente ; elle eft douce : elle
n'eft point envieufe : elle n'eft point
temeraire & precipitée : elle ne
s'enfle point d'orgueil : elle tolere
tout : elle croit tout : elle efpere
tout : elle fouffre tout. Le Schifme produit l'impatience , l'ai-
greur , l'envie , la temerité , la
precipitation & l'orgueil : il ne
tolere rien ; il ne fouffre rien ,

* 1 Ep. de S. Paul aux Corinth. c. 13.

& ne laiſſe croire que ce qui lui plaît.

Il eſt bien conſtant, que les plus éclairez de ceux qui l'ont abjuré, l'ont abjuré ſincerement : faut-il que ceux qui ont moins de connoiſſance, ne veuillent pas ſuivre leur exemple, aprés avoir fait le premier pas de leur reconciliation avec nous? Il eſt encore bien certain, que ceux qui ont voulu prendre la peine d'examiner, d'un eſprit tranquile, & non prevenu, les cauſes de leur ſeparation, ont reconnu qu'elle avoit été injuſtement faite : faut-il que ceux qui ne veulent rien examiner, la trouvent juſte; & qu'aprés y avoir renoncé exterieurement, ils ſoient encore dans le deſſein de s'y replonger?

Nous ſçavons neanmoins, que d'abord aprés leur reunion

generale, ils commençoient à
frequenter nos Assemblées, &
à goûter la douceur qu'il y a
de servir Dieu en unité d'esprit & de cœur, dans un même lieu. Ils sçavent eux-mêmes, que ce furent les Propheties de M. Jurieu ; les esperances qu'il s'avisa de leur donner ; les Lettres & les Exhortations qu'il leur adressa, qui
rompirent de nouveau tous les
liens de paix, d'amour & de
charité qui se formoient déja
entre nous.

Seroit-il possible que les reflexions qu'ils feront sur cette
Histoire, ne les fissent pas au
moins rentrer dans les sentimens où ils étoient alors ? Aprés
les preuves que j'ai rapportées,
peuvent-ils douter que ce Ministre n'ait abusé des Oracles
sacrez de l'Apocalipse ; n'ait af-

fecté de foûtenir les Fanatiques, & n'ait eu deffein de
hazarder des Propheties fuppofées pour porter les Mécon.
tens à la revolte ? Et s'ils n'en
peuvent pas douter, à moins
que de s'aveugler volontaire-
ment eux-mêmes, comment
peuvent-ils, fans fremir d'horreur, envifager ces moyens impies & feditieux, aufquels on a
eu recours, pour les faire rentrer dans le Schifme, & du
Schifme dans la rebellion contre leur Roy, dans le tems
que toute l'Europe eft déchaî-
née contre leur Patrie ?

Mais comment, fur tout, peuvent-ils voir les Propheties confonduës, les Fanatiques détruits,
les Revoltes appaifées, & l'E-
glife Catholique triomphante,
fans fe defabufer des foles efperances dont on les flatoit ? fans

reconnoître que Dieu protege
visiblement nôtre Religion, &
sans faire une ferme resolutionde
ne plus écouter la voix de ces
lâches Pasteurs, qui bien - loin
de mettre leurs vies pour leurs
brebis, les abandonnent, s'en-
fuient dans les païs étrangers,
& les exhortent de loin, & en
sureté, de s'assembler malgré
les défenses ; de se soûlever,
s'il le faut ; & de sacrifier toutes choses pour le maintien
d'une Religion, pour laquelle
ils n'ont pas daigné eux-mêmes prendre les moindres soins,
ni s'exposer aux moindres fati-
gues ?

Sans doute, des faits si certains, & des considerations si
justes, porteront nos chers Freres à songer à eux : * *Ils s'appli-*
queront à rechercher ce qui peut

* Ep. aux Rom. chap. 14.

entretenir la paix parmi nous, & nous édifier les uns les autres. Les plus forts ſupporteront les foibleſſes des infirmes ; * & le Dieu de patience & de conſolation nous fera la grace d'être toûjours unis de ſentimens & d'affection les uns avec les autres, ſelon l'eſprit de JESUS-CHRIST ; afin que, d'un même cœur, & d'une même bouche, nous glorifiyons Dieu, & rendions tous auſſi au grand Roy qu'il nous a donné, la ſoumiſſion & l'obeiſſance qui lui ſont ſi juſtement duës.

* Chap. 15.

Fin du premier Tome.

guyon de ſardière

www.ingramcontent.com/pod-product-compliance
Lightning Source LLC
Chambersburg PA
CBHW071857020726

47502CB00003B/782